FERDINAND RAIMUND

Die gefesselte Phantasie

ORIGINAL-ZAUBERSPIEL
IN ZWEI AUFZÜGEN

HERAUSGEGEBEN VON
JÜRGEN HEIN

PHILIPP RECLAM JUN. STUTTGART

Der Text folgt den *Sämtlichen Werken*, historisch-kritische Säkularausgabe, herausgegeben von Fritz Brukner und Eduard Castle, Erster Band, Wien: Anton Schroll, 1934. – Die Orthographie wurde behutsam dem heutigen Gebrauch angeglichen, Anmerkungen wurden hinzugefügt.

Universal-Bibliothek Nr. 3136

Gesamtherstellung: Reclam, Ditzingen. Printed in Germany 1983
ISBN 3-15-003136-2

PERSONEN

Apollo[1]
Die poetische Phantasie
Hermione[2], *Königin der Halbinsel Flora*[3]
Affriduro, *Oberpriester des Apollo*
Vipria[4] } *die Zauberschwestern*
Arrogantia[5] }
Distichon[6], *Hofpoet*
Der Narr
Odi[7], *ein Höfling*
Ein Dichter
Amphio[8], *Hirt der Lilienherde*[9]
Nachtigall, *Harfenist*[10] *aus Wien*
Der Wirt *zum Hahn*
Ein Schuster
Ein Spengler[11]
Ein Fremder
Ein Kellner
Hermiones Gefolge, Priester des Apollo, Opferdiener, Dichter, Inselbewohner, Verschiedene Gäste.

1 Griechischer Gott der Krankheiten, der Heilkunst, der Weissagung, dann als Inspirator Gott der Dichtkunst.
2 In der antiken Mythologie Tochter der Helena und des Menelaos; auch Figur in Shakespeares *Ein Wintermärchen*.
3 Römische Göttin der blühenden Pflanzen, hier metaphorisch für ›Dichterinsel‹.
4 Von lat. vipera ›Schlange‹ abgeleitete Allegorie der ›Falschheit‹.
5 (lat.) Anmaßung, Hochmut.
6 griechischer Doppelvers: Auf einen Hexameter folgt ein Pentameter.
7 (lat.) Ich hasse.
8 In der antiken Mythologie Sohn des Zeus und der Antiope. Seine Musik besaß Zauberkraft. Raimund übernimmt von der Sagengestalt nur den Namen und die Anspielung auf die dichterisch-musikalische Begabung.
9 Lilien gelten als Symbol der Reinheit, sie sind ein altes Königssymbol.
10 Mit einer Harfe durch die Wirtshäuser ziehender Volkssänger, der Trinklieder, Bänkellieder u. a. zur Unterhaltung der Gäste sang.
11 Klempner, Flaschner, Blechschmied.

ERSTER AUFZUG

ERSTER AUFTRITT

Garten in Hermionens Palaste. In der Mitte ein erhabener Thron mit Veilchengirlanden auf Blumenstufen. Affriduro. Odi. Opferdiener. Inselbewohner. Alles in Bestürzung.

Chor.

Götter, schleudert eure Blitze!
Schickt der Eumeniden[12] Schar!
Vom erhabnen Wolkensitze
Straft das freche Zauberpaar.

Affriduro. Habt Hermionen ihr berichtet, daß wir um ihr Erscheinen bitten?
Odi. Es ist geschehen.
Affriduro. Nicht länger dürfen wir die Frechheit dieser Zauberschwestern dulden. Apollo selbst befiehlt es uns.
Odi. Hier kömmt der Hofpoet.

ZWEITER AUFTRITT

Vorige. Distichon mit einer Menge Gedichte in Rollen.

Alles *(ruft).* Willkommen, Distichon.
Distichon *(feierlich).* Verderben diesen Zaubernymphen[13]! Die ganze Nacht hat meine Phantasie geraset und den geflügelten Gaul beinahe zuschanden geritten, bis Aurora[14] vierzig Schmähgedichte beleuchtete, die mein schöpferischer Geist in dieser Nacht gebar.
Mehrere. Hier sind noch mehr. *(Zeigen sie vor.)*
Distichon. Ich glaub es euch, an Dichtern fehlt's auf unserer Insel nicht. Flora heißet sie, weil sie die Göttin

12 Griechische Fruchtbarkeitsgöttinnen, die in einigen Quellen mit den erschreckenden und rächenden Erinnyen gleichgesetzt werden.
13 *Nymphen:* griechische Naturgottheiten.
14 Römischer Name der Göttin der Morgenröte.

hat mit Blümlein aller Art bedeckt. Wir kennen keinen Schnee, als wenn uns Zephir[15] weiße Blüten streut, darum begeistert uns der ewige Blumenduft und weihet uns zu Priestern des Apoll. So daß der Schuster selbst mit einer Hand nur seinen Stiefel schafft, und in der andern hält er hoch die goldne Leier.

Sein kühner Geist ist mit Apoll verwandt,
Ist seine Lyra gleich mit Schustergarn bespannt.

Affriduro. Doch hohe Zeit ists nun, die Leier zu vertauschen mit dem Mut. Die Zauberschwestern müssen fallen.

Distichon. Ich werfe sie mit Knittelreimen tot.

Affriduro. Ein Jahr ists nun, daß diese beiden Zauberschwestern auf unsere Insel kamen in einem Wolkenwagen, den zwei weiße Löwen zogen. Wir glaubten schon, die Götter hätten sie gesendet, doch bald erfuhren wir, daß sie der Orkus[16] ausgespien. Denn ihre Zaubermacht erbaute schnell ein Schloß, vor dem die beiden Löwen wachen und jeden töten, der sich naht. Sie zertreten unsere Fluren, und mit vergifteten Pfeilen schießen sie nach den Dienern des Tempels.

Alle. Wehe, wehe über sie!

DRITTER AUFTRITT

Vorige. Der Narr.

Narr *(mit Pathos).* Wehe, wehe über sie! Ich weiß zwar nicht über wem, aber ich bin ein Narr, ich muß überall dabei sein. Also weh über euch alle, nur nicht über mich.

Affriduro. Es freut uns, Narr, daß du so fröhlich bist.

Narr. Das bin ich immer unter meinesgleichen.

Distichon. Sprich vernünftig, wird die Beherrscherin erscheinen?

Affriduro. Wir haben große Dinge vorzutragen.

15 Griechischer Gott des Westwindes.
16 Römischer Name der Unterwelt; das Reich der Toten.

Narr. Sie kömmt sogleich. Sie ordnet nur ein allgemeines Fest, wozu diesmal nicht, so wie sonst, nur lauter Dichter eingeladen sind, gemeine Leute auch. Verstanden, Distichon?

Distichon. Sie wird doch nicht gar Handwerksleute laden?

Narr. Aha, du fürchtest, daß welche darunter sind, denen du schuldig bist.

Distichon. Das fürcht ich nicht, das ist mein Stolz, daß einer lebt, der mir noch borgt. Wer borgt denn nicht? Alles ist auf dieser Welt geborgt. Das Leben selbst ist nur geliehene Ware. Die Erd, auf der wir wandeln, ist nicht schuldenfrei. Der Raum, in dem sie schwebt, gehört der Luft, sie wäre blind, wenn ihr die Sonn den Star nicht sticht. Und auch die Sonne, die Verschwenderin, die ein zu glänzend Haus mir führt, bezieht ganz sicherlich ihr leuchtend Gold aus einer Wucherwelt.

Narr. Du sprichst ja wie ein Sokrates[17].

Distichon. Beneid mich nicht um meinen Genius[18]. Ästhetisch Wirken herrscht auf Flora, du gehörst nicht unter uns, wir ringen unermüdet nach Unsterblichkeit.

Narr. O ihr betriebsamen Florianer, Müßiggang heißt euer Gewerb. Ich will dir ein Mittel sagen, das dich unsterblich macht. Leg du die Zeit, in der du müßig gehst, als Kapital zurück, und wenn dein lumpicht Leben ausgeht, flick' sie hinten dran, dann lebst du fort in alle Ewigkeit.

Affriduro. Wie kannst dus wagen, Narr, in meiner Gegenwart solch ungeschliffenen Scherz zu treiben?

Narr. Verzeih, dich hab ich nicht gemeint, dich nehm ich schon ein anders Mal aufs Korn. Er hat ein Spottgedicht auf mich gemacht, drum hetz ich ihn, solang ich Atem hab.

Odi. Versöhnet euch, ich hab euch etwas zu entdecken.

17 Griechischer Philosoph (470–399 v. Chr.).
18 (lat.) Geist, der einer Person oder Sache innewohnt; davon: »Genie«.

Narr. Was? Eine Neuigkeit? Waffenstillstand unterdessen. Vielleicht gibts neuen Stoff zum Schimpfen.

Odi. So hört denn! Unsere Fürstin ist verliebt.

Distichon. In wen?

Odi. Ja seht, das weiß ich nicht.

Narr. Ich bitte dich, bewahre dein Geheimnis.

Affriduro. Was sprachst du für ein Wort?

Odi. Als gestern sie den stillen Hain betrat, wo sie so gerne weilt, schlich ich ihr nach und sah, wie ein Gedicht sie aus dem Busen zog, das sie wohl mehr als zwanzigmal geküßt.

Distichon *(seufzend).* Oh, wär ich dies Gedicht gewesen!

Narr. Dann hätt sies sicher nicht gelesen.

Odi. Dann rief begeistert sie: Nur ein Genie, das so die Liebe schildern kann, ist meiner Liebe wert.

Distichon *(beiseite).* Wars mein Gedicht? bin ich der Glückliche?

Odi. Doch in dem Augenblick kam Amphio mit ihrer Lilienherde, und ich ward verscheucht.

Affriduro. Sag mir doch, Odi, wie kommt Amphio, ein Fremdling hier im Lande, zu der Ehre, Hermiones Lieblingslämmer zu bewachen?

Odi. Das will ich euch erzählen. Dieser Hirt scheint mir nichts Gewöhnliches zu sein. Der Aufseher der fürstlichen Herde ward vor einem Jahr von einer Schlange überfallen, die ihn getötet hätte, wenn nicht ein junger Wanderer aus einem Busche springt und sie erschlägt. Amphio war der kühne Jüngling, er forderte keinen Dank als einen kleinen Dienst in unserm Land. Er wäre ein Waise, sagte er, und suchte unter fremden Völkern nun sein Glück, da ers in seiner Heimat nicht gefunden hätte. Der Aufseher, von Dankbarkeit bewegt, erinnerte sich, daß er einen Stier besäße, welcher goldne Hörner trägt.

Distichon. Goldene Hörner? Hätt ich diesen Stier, das wär ein Kapital.

Narr. Mir wär ein Hirsch mit goldnem Gweih viel lieber, der wirft doch alle Jahr Interessen[19] ab. *(Macht die Pantomime des Geweihabwerfens.)*

Odi. Nun stellt euch vor, von Dankbarkeit bewegt, ernennt er ihn zum Hüter dieses Stiers.

Narr *(weint)*. O zartes Wachen, schöne Vormundschaft!

Odi. Und da er seinen Dienst so treu versah, schwang er sich bald zum Hirten unserer Lilienherde auf. Doch liegt etwas Geheimnisvolles in dem Jungen, und daß zum Hirten er geboren, glaub ich nimmermehr.

Affriduro. Hermione naht, zieht euch zurück.

VIERTER AUFTRITT

Vorige. Hermione. Gefolge.

Chor.

Heil Hermione!
Glücklich die Zone,
In der sie thront!

Hermione. Ganz ungewöhnlich ist die Stunde zwar, in der ihr meine Gegenwart verlangt, doch gibt es keine Zeit, in der ich euch nicht angehörte. Stets haben unsere Wünsche freundlich sich begrüßt, daß sie sich heute feindlich trennen werden, hoff ich nicht. Sprecht aus, was ihr begehrt!

Affriduro. Auf dein Geheiß, o Königin, befragt ich das Orakel[20] des Apoll, wodurch der Übermut der Zauberschwestern sei zu bändigen und was durch sie die dunkle Zukunft unserem Lande droht.

Hermione. Und des Orakels Spruch –?

Affriduro. Verderben, Krieg droht eurem Blumenreich, wenn ihr die Zauberschwestern nicht daraus verjagt.

Alle. Wehe uns!

19 (lat.) Hier: Zinsen.
20 Weissagung, Schicksalsspruch, Rätsel.

Hermione. Was raten meine Weisen mir?

Distichon *(tritt vor)*. So höre mich denn, hohe Hermione.

Narr *(springt in die Mitte)*. Um des Himmels willen, du vergißt dich ja. Die Weisen sollen sprechen. Du hast das Gegenteil verstanden. Bist denn du ein Weiser?

Distichon. Das bin ich – oder hältst du mich für einen Narren?

Narr *(bescheiden protestierend)*. Du hast mich eben dieser Müh enthoben.

Distichon. Wieso?

Narr. Du glaubst ja fest, daß du ein Weiser bist?

Distichon *(unwillig)*. Nun ja.

Narr. Da hältst du dich ja selbst für einen Narren, was brauch denn ichs zu tun? Für naseweis hab ich dich stets gehalten, doch eine andre Weisheit trau ich dir nicht zu.

Distichon. Das gedenk ich dir, Bastard des Jokus.[21]

Hermione. Endet euren Streit. Sprich, Affriduro. Kann Gewalt uns retten?

Affriduro. Gewalt? zum erstenmal hör ich dies Wort von dir. Entsprossen aus dem Stamme deines gütgen Vaters, herrschest du durch Sanftmut stets. Wir kennen hier nur Poesie, Gesang und Tanz, der rauhe Klang der Waffen ist uns unbekannt, nur ein arkadisch Leben führten wir bis jetzt. Von einer Seite schützt des Meeres Wellenschild den blumenreichen Strand, und von der andern trennen steile Berge uns von unserm mächtgen Nachbar, dem König von Athunt[22]. Die Waffen sind uns fremd, wir kennen nur die List.

21 Bastard: illegitimer Sohn; Jokus (lat.): Scherz, Spaß; personifiziert: Gott des Scherzes.

22 Geht vielleicht auf die Stadt Amathunt auf Zypern zurück. Schiller nennt im Gedicht *Die Götter Griechenlands* (1788) die Venus Amathusia, die in Amathunt verehrt wurde. Es ist möglich, »daß Raimund auf einen abgelebten Schönheits- und Poesiebegriff anspielen will, wie er dem Scheincharakter der Insel entspricht und durch Amphio zunächst repräsentiert wird« (Schaumann, *Gestalt und Funktion des Mythos in Ferdinand Raimunds Bühnenwerken*, S. 225).

Narr. Ich rate auch zur List, sie machen sich zu mausig hier, drum muß man sie wie Mäuse fangen. *(Beiseite.)* Ich richte eine diamantne Falle auf, und statt dem Speck häng ich zwei türksche Schals hinein.

Affriduro. Doch höre des Orakels Schluß. Nicht eher wird die Macht der Zauberschwestern sich besiegen lassen, bis Hermione sich vermählt und dem Lande einen Herrscher gibt, der gleich ihr zu herrschen würdig ist. Wenn das geschieht, wird jene Macht verschwinden. Drum hör' die Bitte deines ganzen Reiches und wähle dir den König von Athunt, er strebt nach deiner Hand. Du besitzest Geist, er Mut und Macht. Erwähle ihn, bevor die Zauberschwestern noch in seine Brust des Hasses Samen streun und mit Gewalt er fordert, was du seinem Edelmut verweigert hast. Du wirst dem Schicksal nicht entrinnen, denn die Sterne prophezeien unserm Lande einen Herrscher aus dem Hause von Athunt.

Hermione. Als vor zwei Jahren der König von Athunt mit seinem Sohn an meinem Hof erschien, für sich um meine Hand zu werben, gestand ich ihm ja frei, daß ich vom Wert der Poesie begeistert im Tempel des Apollo ein Gelübde abgelegt, als Gemahl nur einen Sänger hoher Lieder zu umarmen, sei er der Ärmste meines Volkes auch, wenn er nur reich ist an Gemüt und hohem Geist. Der König von Athunt belächelte den Schwur, gestand, daß er die Verse nur mit blutgem Schwert zu schreiben wüßte. Er zog von meinem Hof, doch hinterließ er das Versprechen mir, daß er den schönen Frieden meines Landes niemals stören wolle. Glaubst du, ich hätte meinen Schwur vergessen? Nur einem Sohn der Musen reich ich meine Hand.

Distichon *(stolz).* Mein Vaterland ist der Parnaß[23].

Narr. Ich bin vom kahlen Berg[24] zuhaus.

23 Berg, an dessen Fuß Delphi liegt; gilt als Lieblingsplatz Apollos und der Musen.

24 Der Kahlenberg ist der nordöstliche Ausläufer des Wienerwaldes.

Affriduro. Erwäge des Orakels Spruch, und wählest du nicht ihn, so wähle doch und rette dadurch deine Treuen.

Hermione *(für sich)*. Peinliche Verlegenheit. Was beginn ich? – mein Herz ist ja nicht frei.

Alles *(kniet)*. Wir flehen zu dir, Herrscherin.

Hermione. Wohlan, so will ich wählen. Wenn wieder uns der Mond die goldne Sichel zeigt, so werd ich meine Hand verschenken.

Alle. Heil Hermione!

Hermione. Bis dahin will ich meines Stolzes Panzer mit geschmeidgem Samt der Klugheit überziehen und durch sanfte Worte die Zauberschwestern zu gewinnen suchen. Eilet hin nach ihrem Schloß und ladet sie hieher.

Odi *(sieht hinaus und erschrickt)*. Götter, seht, dort sind sie schon. Sie streifen durch die Flur und jagen weiße Raben.

Hermione. So eil hinaus und rufe sie.

Odi *(erschrocken)*. Ich?

Hermione. Ja, du!

Odi. Verzeih, ich wag es nicht.

Affriduro. So bist du ja ein ganzer Hase?

Narr. O nein, er ist ein bloßer Hasenfuß.

Hermione. Beschämet keiner ihn?

Distichon *(kühn, für sich)*. Mut, Distichon! Du stiehlst ihr Herz. *(Laut.)* Ich hole sie. *(Eilt ab.)*

Narr *(tut, als hebe er etwas von der Erde auf)*. Pst! Pst! *(Winkt Distichon zurückzukehren.)* Freund!

Hermione. Was treibst du, Narr?

Narr. Er hat beim Fortgehen seine Furcht verloren, ich heb ihm s' unterdessen auf. *(Tut, als steckte er sie in den Sack.)*

Odi. Er ist schon dort und spricht auf sie, – sie drohen ihm, er läuft davon.

Hermione. Pfui!

Odi. Sie senden Pfeile nach. *(Schreit.)* Er ist getroffen.

Hermione *(ängstlich)*. Götter!

Odi. In dem Waden steckt ein Pfeil.

Narr. Jetzt haben wir doch einen gespickten Hasen auch.
Hermione. So sinkt er?
Odi. Nein, er läuft, hier ist er schon.

FÜNFTER AUFTRITT

Vorige. Distichon, einen Pfeil mitten durch die Wade gesteckt.

Distichon *(atemlos)*. Es ist geschehn!
Hermione *(verhüllt sich das Antlitz)*. Du bist verwundet, Unglückssohn?
Distichon. Im Herzen, Königin.
Hermione. Nicht doch, im Fuß.
Distichon. Nicht möglich? *(Besieht sich und erstaunt.)* Ha, das hab ich wirklich nicht bemerkt.
Narr *(zieht ihm den Pfeil heraus)*. Was das für ein Glück ist, wenn man falsche Waden hat. Unverwundbar wie Achill[25].
Distichon.
Ein kluger Feldherr weiß sich zu verschanzen,
Den Arm weiht man der Schlacht, den Fuß braucht man zum Tanzen.

SECHSTER AUFTRITT

Vorige. Die Zauberschwestern Vipria und Arrogantia in tigerartigen Kleidern mit Bogen und Pfeilen treten schnell und kühn herein. Allgemeiner Schreckensausruf.

Alle *(mit Entsetzen)*. Die Zauberschwestern!
(Alles steht erstarrt in Gruppen.)
Vipria. Hahaha! Hast dus gehört? wir sind gemeldet.

25 Held der griechischen Sage, der von seiner Mutter Thetis unverwundbar gemacht worden war. Nur an der Ferse hatte ihn der zu diesem Zweck angewandte Sud nicht erreicht.

Arrogantia *(mit Verachtung)*. Ha, furchtsam Volk! Der Schreck ist Kammerdiener hier.

Vipria. Nun? Wie wirds? Habt ihr 's Medusenhaupt[26] geschaut, daß ihr versteinert steht? –

Arrogantia. Sind zur Komödie wir geladen, daß ein Tableau[27] man uns zum besten gibt? Wo bist du, Hermione, die uns rufen ließ?

Hermione. Frag' sanfter, wenn dus zu erfahren wünschest, solche Frage ist der Antwort Tod.

Vipria *(persiflierend)*. Wo weilt denn die gestrenge gnädge Frau? *(Befehlend.)* Wer bist denn du? Bist du die Magd vom Haus, so lös die Riemen auf an meinem Schuh. Aha, du bist das Kammerkätzchen hier, du willst gestreichelt sein, so meld uns an, teil Gnaden aus, wir bitten dich: Zwei arme Zauberschwestern sag, wir küssen dir den Staub an deines Kleides Saum. *(Sie tun es heuchlerisch.)*

Hermione *(erzürnt)*. Laßt ab. Ich bin es selbst, ich bin Hermione.

Vipria. Nicht möglich?! Ach verzeih, ich hab dich wirklich nicht erkannt, wir haben dich ganz anders uns gedacht. *(Zu Arrogantia.)* Sie hat ja so gesunde Backen.

Arrogantia. Eine gewöhnliche Gestalt.

Vipria. Sie sieht so einfach aus.

Arrogantia. Einfältig fast.

Vipria *(Hermione heuchlerisch umarmend)*. Unendlich freut uns das.

Arrogantia *(ebenso)*. Ich bin entzückt im höchsten Grad.

Narr. O Schierlingskraut, mit Zucker überstreut!

Affriduro. Kannst du dies dulden, Zeus[28]!

Narr. Jetzt kommt der mit seinem Zeus daher.

Hermione *(für sich)*. Bekämpfe dich, mein Stolz! Es gilt ja meines Landes Glück.

26 Medusa ist ein schlangenbehaartes Ungeheuer der antiken Mythologie, deren Anblick Menschen in Stein verwandelte.

27 (frz.) Theaterbild, ›lebendes Bild‹.

28 Oberster griechischer Gott.

Vipria. Du wohnst hier allerliebst. Ein schöner Blumenhain.

Hermione. Es ist mein liebster Garten.

Vipria. Und eine nette Dienerschaft. *(Narr macht ihr eine Verbeugung.)* Quelle figure? *(Sieht durch einen Stecher.[29])*

Arrogantia. Der ist gebaut als wie ein Telegraph[30].

Vipria. Ist der im Garten hier bestimmt, daß er die Vögel dir verscheucht?

Narr. Ich soll die Fledermäus vertreiben, aber heute sind mir doch ein Paar hereingekommen.

Arrogantia. Wer bist du, kecker Freund?

Narr. Man spricht nicht gern davon.

Hermione. Es ist mein Narr.

Vipria. Bravissimo! Bist du der einzige Narr auf dieser Insel?

Narr. Nein. *(Auf Distichon deutend.)* Hier hab ich die Ehre, dir noch einen aufzuführen.

Vipria. Nun, Hermione, uns gefällts in deinem Reich.

Arrogantia. Wir haben doch die ganze Welt durchreiset. Wir sahen Indiens gewürzte Fluren –

Vipria. Und Matzleinsdorfs[31] Gefilde.

Arrogantia. Ägyptens Pyramiden –

Vipria. Die Spinnerin am Kreuz[32].

Arrogantia. Die Höhe des Mont Blanc –

Vipria. In Wien den tiefen Graben[33].

Arrogantia. Arabiens Wüstenei –

Vipria. Und Nußdorfs[34] schöne Auen.

Arrogantia. Doch unter allen diesen Welten haben wir zwei Lieblingsinseln uns erwählt.

29 *Quelle figure:* (frz.) Was für eine Gestalt. *Stecher:* Lorgnon, Stielbrille.

30 Gemeint ist ein Telegraphenmast zur Übermittlung optischer Signale (Signalmast mit Querbalken).

31 Matzleinsdorf ist eine westliche Wiener Vorstadt, seit 1861 V. Bezirk.

32 Berühmte, sagenumwobene gotische Säule im Süden Wiens (X. Bezirk).

33 Das Bachbett des *Tiefen Grabens*, eines kleinen Nebenflusses der Donau, bildete im Mittelalter die nordwestliche Stadtgrenze. *Tiefer Graben* ist heute eine Straße im Zentrum.

34 Nördliche Vorstadt Wiens, an der Donau gelegen (XIX. Bezirk).

Vipria. Die meine liegt am Donaustrom[35].

Arrogantia. Die meine heißet Flora.

Hermione. Wenn ihr die Insel liebt, so ehrt auch ihren Frieden und stört ihn nicht durch frechen Übermut.

Arrogantia *(auffahrend)*. Wer?

Vipria *(steigend)*. Wie?

Narr *(grell für sich)*. Was? –

Hermione. Verzeiht, daß ich den harten Ausdruck hab gewählt, ich bitte euch, schont dieses Landes Glück.

Vipria. Nicht weiter sprich! Also darum ließest du uns rufen?

Arrogantia. Um einen Mentor[36] hier zu spielen.

Vipria. So wisse denn, wir hassen dich wie Schlangengift.

Hermione. Was hab ich euch getan?

Vipria. Als wir auf deine Insel kamen, hättest du um Schutz uns flehen sollen. Doch mit Verachtung hast du uns empfangen.

Arrogantia. Selbst nicht zum Tee hast du uns eingeladen, das hat die Schwester so empört.

Vipria *(zu Arrogantia)*. Sprich nicht so albern, schweig.

Arrogantia. Warum? Der Tee ist deine schwache Seite.

Narr *(beiseite)*. Sie hat ja so schon ihren Tee.[37]

Vipria *(zu Arrogantia)*. Erzürn mich nicht und schweig.

Arrogantia. Was hast du zu befehlen mir?

Vipria *(heftig)*. Ich wills!

Arrogantia *(ebenso)*. Ich nicht!

Narr. Sie fangen noch zu raufen an, die Damen.

Vipria *(zu Arrogantia)*. Ein andermal. *(Zu Hermione.)* Zu dir, du freches Weib!

Hermione. Halt ein, das geht zu weit, soll denn Gewalt nichts gegen euch vermögen? Ergreift sie schnell.
(Alles will auf sie.)

35 Mit der am Donaustrom liegenden Lieblingsinsel ist wahrscheinlich die Leopoldstadt (II. Bezirk) gemeint, die zwischen Donau und Donaukanal liegt.

36 Lehrer, Berater.

37 Redensart: »Die hat schon genug.«

Arrogantia *(und)* Vipria *(spannen ihre Bogen, schnell).* Wer wagts? –

Distichon *(zieht sich erschrocken zurück).* Ich nicht –

Narr *(ebenso).* Ich detto[38] nicht.

Vipria. Entfernt euch schnell, wir lizitieren[39] euer Leben. *(Mit gespanntem Bogen drohend.)*

Narr. Die Lizitation wart ich nicht ab. *(Läuft davon.)*

Odi. Ich geh schon auf den ersten Ruf. *(Läuft ab.)*

Arrogantia *(zu Distichon).* Was zahlst du für das deine? schnell!

Distichon *(erschrocken ab).* Das Fersengeld.

Vipria *(zu Affriduro).* Hast du für unsern Pfeil ein überflüssig Leben?

Affriduro. Ich hab nur eins, das brauch ich selbst. Leb wohl. *(Ab.)*

Arrogantia *(zu allen).* Und ihr?

Alles. Wir fliehen schon!

(Alles in Verwirrung ab.)

Vipria *(triumphierend).* Hahaha, Virtuosen in der Furcht.

Arrogantia. Verlassen stehst du nun.

Vipria. Erkenne unsere Macht.

Hermione *(weinend).* Weh mir!

Arrogantia *(höhnend).* Was weinst du denn?

Vipria *(ebenso).* Du zartes Turteltäubchen du.

Hermione. Auf euer Haupt zurück den Spott, ihr niedern Zauberdirnen! entweicht auch ihr, vergiftet nicht den Hain durch euren Hauch.

Vipria. So komm. Wir wollen sie verlassen.

Arrogantia. Doch unser Haß bleibt ihr zurück.

Vipria. Und diese Flur, des Zwistes bunter Zeuge, die ihn mit farbgem Aug geschaut, verödet soll sie sein. *(Nimmt einen Stern hervor.)* Du Zauberstern, der finstern Hekate[40] entwendet, jetzt steh mir bei. *(Zu Hermione.)* Du

38 (österr.) auch, von ital. *dito* ›dasselbe, ebenso‹.
39 (lat.) versteigern.
40 Griechische Göttin der Unterwelt.

liebest diesen Blumentempel? So stürz ich seine Säulen ein, und eine schlammbedeckte Nessel setz ich dafür hin, Verwesung heißet sie. Blick auf.

(Der Garten stürzt zusammen, Sumpf und verdorrte Bäume zeigen sich. Raben sitzen auf den Ästen, flattern in der finstern Luft. Das Ganze ist ein grauser Anblick. Der Wind heult gräßlich.)

Hermione *(schaudernd).* Entsetzlich!

Vipria. Unersättlich werde meine Rache, gleich dem Hunger Erysichthons[41], überall will ich dich necken und verfolgen, in jedem Grashalm will ich dich belauschen.

Arrogantia. Aus jedem Unkraut streck ich meinen Hals.

Vipria. Bis die Verzweiflung bittend dich zu meinem Füßen reißt. Dann erst ist Vipria versöhnt. *(Erschöpft.)* Ha, wie wird mir, ich bin zu schwach für meinen Grimm.

Arrogantia *(sanft).* Du hast dich angegriffen, liebes Schwesterchen. Oh, stütze dich auf meinen Arm.

Vipria *(höhnisch).* Ich danke dir! *(Heimlich.)* Wie kommst denn du zu dieser Zärtlichkeit?

Arrogantia *(heimlich).* Aus Bosheit, weil sies ärgert. *(Laut.)* Das macht die Eintracht unsrer Herzen. Wenn du leidest, leid ich auch.

Vipria *(zart).* O gutes Kind! *(Umarmt sie zärtlich. Dann mit durchbohrendem Blick auf Hermione.)* Wart, Schlange! *(Matt zu Arrogantia.)* Leit mich, Arrogantia. *(Geht auf Arrogantia gestützt ab.)*

Hermione *(allein).* O ihr Götter, wodurch verdient ich euren Fluch? Erniedrigt, und vor wem? Vor meinem eigenen Geschlecht. Wenns noch ein mächtger Zauberer wär, doch daß es Weiber sind, die mich besiegt, das kränkt mich gar so tief, und wenn ich gleich dem Argus hundert Augen hätte, so würde jedes sich mit Tränen füllen über diese Schmach. O Amphio, könntest du den Schmerz mir tragen helfen! Doch halt! Hat das Orakel nicht bestimmt, daß, wenn ich einen Gatten wähle, die

41 In der antiken Mythologie ein grausamer, von den Göttern verachteter Mensch, der mit einem unstillbaren Hunger bestraft wurde.

Macht der Zauberbrut vernichtet ist? Doch darf ich meinem Volke sagen, daß ich einen Hirten liebe? Und kann ich einen andern wählen? Ich vermag es nicht, es sind nicht Amors Rosenketten, die mich an ihn binden, eherne Bande sind es, die mein Herz an seines schmieden. Doch wie? Hat Minerva[42] mich berührt? Ja, so gelingt es – so muß er siegen, so wird er mein, ich kann auf seinen Geist vertraun. *(Narr sieht zur Kulisse herein.)* Was suchst du, Narr?

SIEBENTER AUFTRITT

Vorige. Narr. Dann Distichon, Affriduro, Odi, Volk.

Narr. Ich muß rekognoszieren[43], sie trauen sich nicht herein. Nur herein, ihr florianischen Helden, der Feind ist fort, ihr habt gesiegt.

Alles *(kömmt gelaufen und stürzt zu Hermionens Füßen).* Heil Hermione! Ewige Treue geloben wir dir.

Distichon. Nur einen Augenblick hat uns die Furcht besiegt, sie ist vorbei, jetzt bau' auf unsre Kraft.

Hermione. Ich bau auf sie wie auf die Reize dieser Flur.

Alle *(sehen hin).* Ha! was ist das?

Distichon *(sieht hin).* Verfluchte Zauberei, die prangende Natur in schmutz'gen Schlamm verwandelt!

Hermione. Ein blühend Bild von eurem Mut. Er ist so treu wie dieser Sumpf, wer auf ihn baut, sinkt ein. Darum will ich nicht länger ihm mein Wohl vertrauen. Ich befolge des Orakels Wink, noch heute abend soll mein Land gerettet sein, ich will noch heute mich vermählen, damit die morgige Sonne der Zauberinnen Ohnmacht schon bescheint. Affriduro eile hin und schmück den Tempel des Apoll, in einer Stunde seid ihr dort versammelt und

42 Römische Göttin der Künste und des Handwerks sowie der damit verbundenen Fähigkeiten.

43 (lat.) erkunden; im damaligen militärischen Sprachgebrauch: etwas auskundschaften.

höret meinen Eid: Dem reich ich heut noch meine Hand, der, bis die siebente Stunde tönt, mir ein Gedicht ersinnt, das an Wert hoch über alle andern steht. Es gelte gleich, welch Land ihn auch gezeugt, ob ihn ein Lorbeer schmückt, ob er den Hirtenstab erwählt. So fordre ich in die Schranken eure Poesie, weil ihr nicht kämpfen könnt um mich durch eurer Sehnen Kraft, so kämpft um mich mit kräftigen Gedanken. Die Phantasie trag euch die Fahne vor, Vernunft steckt auf den Helm, der Witz sei euer Pfeil, die Verse stellt in dichte Reihen, statt der Trompete laßt den Reim erklingen, so rücket vor und kämpfet um den Preis!

Drei Kronen bietet er zugleich:
Mein Herz, den Lorbeer und dies Reich.

(Ab. Affriduro mit den Götzendienern zur entgegengesetzten Seite ebenfalls ab.)

Mehrere. Ha! jetzt gilts!

Distichon *(mit Ekstase, schnell).*

Dichtergeister,
Hört den Meister,
Spornt den Gaul,
Seid nicht faul!
Zieht vom Leder
Eure Feder,
Schreibt drauf los,
Der Preis ist groß.
Fortunens Blick
Verkündet Glück.

Narr. Au weh, zwick. Jetzt wirds mir z' dick! Jetzt fangt er in abscheulichen Jamben[44] an. Hahaha!

Distichon. Was lachst du Schafskopf, Kalb, dem Mond entsprungen?

Narr. Pfui der Schande, durch ein Gedicht müßt ihr die Hand der Herrscherin erkämpfen, weil ihr so furchtsam

44 Griechisches Versmaß, das Distichon hier allerdings nicht einhält.

seid, daß ihr beim Anblick einer Spinne lauft. O ihr Heroen der Vorzeit! Nehmt euch doch ein Beispiel an dem Theseus von Canova[45], der halt den Minotaurus[46] schon zehn Jahr beim Schopf und laßt ihn noch nicht aus. Das ist ein Held.

Und ihr Wichte
Schreibt Gedichte
Voll Gewinsel,
O ihr Pinsel
Dieser Insel.

Apoll, du Zechmeister aller Dichter, schlag ihnen deine Leier um den Kopf, ihre Väter schamen sich im Grab.

Distichon. Mein Vater war ein Held.

Narr. Der meine auch, er war Hanswurst[47] und hat den Harlekin geschlagen.

Odi. Wir sind es auch.

Narr *(ruft erschrocken)*. Die Zauberschwestern!

Alles *(will erschrocken davonlaufen)*. Hülfe!

Narr. Haha, probatum est[48]! O ihr Schmucknadeln, zum Zittern seid ihr auf die Welt gekommen. Einen Esel laßt euch bauen, so groß wie das trojansche Pferd, und schliefts[49] mit eurer Tapferkeit hinein.

Distichon. Nein, das wird zu arg!

Auf, ihr Brüder
Hoher Lieder,
Werft ihn nieder.

(Alle prügeln auf ihn los.)

Narr *(indem er fällt)*. Jetzt schreiben sie Vers auf meinen Buckel.

45 Die von Antonio Canova geschaffene Plastik *Theseus' Kampf mit den Zentauren* wurde 1819 durch Kaiser Franz I. von Österreich in Rom für Wien gekauft.
46 Griechischer Zentaur, von Theseus (König von Athen) getötet.
47 Angespielt wird auf den ›Sieg‹ des einheimischen Hanswurst (begründet von Josef Anton Stranitzky) über den Harlekin der Commedia dell'arte. Mit Hanswurst beginnt das eigenständige Wiener Volkstheater.
48 (lat.) Es ist bewiesen.
49 schlüpft, kriecht.

Odi. Triumph, das Ungeheuer ist besiegt.
Distichon. Ich hab ihm auf das Haupt geschlagen.
Odi *(schadenfroh)*. Ich gab ihm in die Rippen eins.
Distichon. Wir lassen uns in Kupfer stechen.
Alle. Es lebe Distichon, der tapfre Held.
(Alles ab.)

Narr *(seinen Rücken reibend)*. Das Schlachtfeld ist leer. Ah! Das nenn ich ein Treffen, 's hat jeder getroffen, keiner hat gfehlt. Aber – dem Verdienste seine Kränze, *einer* ist dabei, *der* kanns. Wann das ein Dichter ist, der hat eine shakespearsche Kraft. *(Überdenkend.)* O Schicksal eines Narren! Geboren auf Österreichs fetten Triften[50], studiert bis an den Hals, dann Kammerdiener eines spanischen Lords, vom Schiffbruch ausgespuckt an diesen Strand der Feigheit und der Ochserie. Aus Gnaden haben sie mich zum Hofnarren aufgenommen, mich, der ich mehr Witz in meinem Daumen hab als alle Köpfe dieses Fabellands seit hunderttausend Jahr. Und nun zu euch, ihr giftgen Zauberkröten, denn Frauenzimmer seid ihr nicht. Respekt vor allen andern Frauenzimmern: Ehret die Frauen, sie flechten und weben. Punktum, das andre fällt mir nicht mehr ein – aber das sind keine Frauenzimmer, das sind Töchter des liebenswürdigen Cerberus und der reizenden Hydra.[51] Darum beschwöre ich euch, ihr vier Winde des Himmels, blast mir alle Krankheiten dieses schwindsüchtigen Jahrhunderts auf einen Haufen zusammen und überlaßt sie mir zu meiner Disposition. Herbei, ihr zwölf Monate dieses tiefbeleidigten Jahres, ich will einen Kalender zusammenfluchen und ihnen ein Neujahrsgeschenk damit machen.

Ganz leicht beginnt der Januar
Mit Schnupfen, Halsweh und Katarrh.
Am Abend sanftes Gliederreißen,

50 Weiden.
51 Cerberus: Wachhund in der Unterwelt, dem Hades (griech.) bzw. Orcus (lat.); Hydra: griechisches Ungeheuer mit vielen Köpfen, dem jeweils zwei neue nachwuchsen, wenn ihm eines abgeschlagen wurde.

Daß sie vor Schmerz die Lippen beißen.
Dann werd, weil beide eitel sind,
Die eine taub, die andre blind,
Und ihre niedlichen Gefriesel[52]
Bedeck ein scharlachroter Riesel[53].

Dem Februar laß ich die Wahl,
Zu sinnen eine eigne Qual.
Die Gicht ist schön, doch wünscht ich lieber
Die Bleichsucht[54] oder 's gelbe Fieber[55].
März und April bringt Seitenstechen,
Der Mai muß sich durch Krämpfe rächen.
Im Juni Regen allenfalls,
So habn s' die Wassersucht[56] am Hals.

Im Juli ist die Sommerszeit,
Wo man auf grüner Flur sich freut.
Nur ihnen blüh kein schönes Tal,
Die ganze Welt sei ihr Spital.
August, da werd ihr Hunger heiß,
Doch bleib ihr Magen kalt wie Eis.
Nichts hemme ihrer Eßlust Lauf,
Vielleicht frißt eine d' andre auf.

September streu vergiften Tau,
Der färbe ihre Haare grau.
Oktober ruft das Blatt nach Haus,
Da brechen ihre Zähne aus.
November fällt ihr Namensfest,
Da schick zum Bindband ich die Pest.
Und bis Dezember kommt herbei,
Sind schon in Zügen alle zwei.

52 Gesichter.
53 Hautausschlag.
54 Blutarmut bei Mädchen im Entwicklungsalter.
55 Durch die Gelbfiebermücke übertragene Viruskrankheit.
56 Krankhafte Ansammlung von Flüssigkeit im Körper bei Herzkrankheiten, Kreislaufstörungen, Entzündungen u. a.

Doch noch ist nicht der Spaß verdorben.
Kaum glauben sie, sie sind gestorben,
So speien sie, der Welt zum Graus,
Aufs neu zwei giftge Drachen aus.
So drück auf ihre Qual die Zeit
Das Siegel einer Ewigkeit.
Den Wunsch bringt froh zum neuen Jahr
Mein gutes Herz den Schwestern dar. *(Ab.)*

ACHTER AUFTRITT

Verwandlung

Romantisches Tal. Weiße Lämmer weiden auf den Hügeln. Amphio sitzt auf einem Stein und bläst ein sanftes Lied auf seiner Flöte. Im Vordergrunde befinden sich zwei steinerne Wassernymphen auf Postamenten[57] *in Lebensgröße, welche auf Wasserurnen ruhen.*

Amphio *(allein).* Wo weilst du heute, hohe Phantasie, daß sich dein Bild noch nicht auf blauem Äther malt und mit den bunten Schwingen zu mir niedertaucht? So wie der Arzt den Kranken jeden Tag besucht, so schwebst du jeden Morgen zu mir nieder, zu heilen meinen liebekranken Geist. Durch dich begeistert sang ich jene Lieder, die mir das Herz der Königin errangen, dir verdanke ich die schöne Hoffnung, an Hermionens Hand zu herrschen über dieses Reich. Ihre Liebe nenn ich mein, sie selbst gestand es mir. Nun will ich meinen Rang entdecken, um heimzuführn die königliche Braut. Doch dir muß ichs vorher vertrauen, hohe Phantasie, du hast den wilden Mut in mir gezähmt, zum stillen Hirten mich gemacht, und nur dein Rat soll mich bestimmen, ob ich den Schleier ziehen darf von dieser Täuschung Bild. Doch was

57 (lat.) Sockeln.

seh ich? Eine andre Sonne strahlt mir dort entgegen, Hermione ists, die über jene Hügel eilt. Ists Freude? ist es Angst, die ihre Schritte so beflügelt?

NEUNTER AUFTRITT

Voriger. Hermione.

Amphio *(eilt ihr entgegen und sinkt zu ihren Füßen).* Gebieterin!

Hermione *(spricht die ganze Szene schnell und unruhig).* Heut bin ichs nicht, ich hab die Herrschaft abgetreten an die Zeit, ein Sklave bin ich meiner Eile.

Amphio. Mir bangt um dich. Was kämpft in dir?

Hermione. Vertrauen gegen Furcht. Mein Volk, der Zaubernymphen Wut, Apollo selbst befiehlt, daß ich mein Herz noch heute binden muß.

Amphio. Dein Herz, ist es noch dein?

Hermione *(sanft).* Du weißt es ja. Doch meine Hand –

Amphio. Weh mir!

Hermione. Sei ruhig, Amphio, ein schöner Sieg winkt deinem Geist. Von dem Gedicht, das du mir gestern überreicht, aufs neue überzeugt, daß du gegen alle Dichter meines Reichs ein Krösus bist an Phantasie, hab ich, dich heute abend noch Gemahl zu nennen, den kühnen Schwur gewagt: Wer bis zur siebenten Stunde mir die schönste Dichtung liefert, erhält noch heute meine Hand und dieses Reich.

Amphio. Oh, wie beglückst du mich. *(Beiseite, schnell.)* Ha, Wink der Phantasie, die Dichtkunst soll allein den hohen Preis erringen. Nein, ich entdecke mich noch nicht, das höchste Glück soll durch mich selbst mir werden.

Hermione. Was vertrauest du den Lüften deine Worte? Bist du verwirrt?

Amphio. Verzeih, die Freude tanzt mit meinen Sinnen, vertrau' auf mich und meiner Liebe Kraft, mein wird der

Sieg, ich kämpfe ja um dich, darum ist das Gefühl der Dichter deines Landes ein Tau gegen das Meer meiner Empfindungen.

Hermione. Ja, ich vertraue dir, die Hoffnung schwingt die goldne Fahne. Doch jetzt leb wohl, ich eile in den Tempel, um zu bekräftigen den Schwur. Und wenn die Sonne sinket in des Meeres Silberschoß, so sink ich dir, dem Sieger, dankend an die Brust. Doch jetzt verbirg dich schnell, man suchet mich. Dann eile nach dem Tempel hin. Dort wird durch des Orakels Mund des Preisgedichtes Stoff dir kund.

Amphio. Leb wohl, vertrau auf mich. *(Eilt ab.)*

ZEHNTER AUFTRITT

Vorige. Narr.

Narr. Verzeih, ich bin vorausgeeilt, dich tiefergebenst abzuholen.

Hermione. Kömmst du allein?

Narr. O nein, ein Narr bringt zehn. *(Deutet in die Szene.)*

Affriduro *(tritt auf und verbeugt sich).* Ich bin der zweite – *(kleine Pause),* der die Nachricht bringt, daß dich Apoll erwartet.

(Odi und acht Inselbewohner treten auf und verbeugen sich.)

Odi. Wir sind die andern – und erscheinen, dich zu holen.

(Sie stellen sich dann, auf der einen Seite fünf, auf der andern Seite vier, auf, so daß Affriduro der zehnte ist.)

Narr. Ich halte Wort, die Zahl ist voll.

Hermione. So folget mir. *(Ab.)*

(Alles ihr nach.)

Narr. Ihr Narren geht voraus, der Weise folget nach.

(Geht gravitätisch ab, ihnen nach.)

ELFTER AUFTRITT

(Die beiden liegenden Statuen verschwinden, und statt ihnen liegen die Zauberschwestern in der nämlichen Stellung auf den Postamenten, springen erzürnt auf und gehen auf und ab.)

Vipria. Nein, das ist zu viel. Einen Hirten liebt sie. Das hat die Sonne nicht erlebt. Ist er denn wirklich schön? ich hab ihn nicht genau betrachtet.

Arrogantia. Er hat ein glänzend Aug.

Vipria. Im Ernst?

Arrogantia. Und Lippen wie Rubin.

Vipria. Da hätt er sich in uns verlieben sollen, nicht in sie.

Arrogantia. Der Meinung bin ich auch.

Vipria. Sie darf ihn nicht besitzen. Wie verhindre ichs?

Arrogantia. Ach, sinne, Schwesterchen, ich bitte dich.

Vipria. Geduld. Durch ein Gedicht soll ihre Hand ihm werden? Ist es nicht so? Das Dichten muß man ihm verleiden. Doch wie? Ich frag dich, Zauberstern. *(Zieht den Stern heraus und sieht hinein, fährt auf.)* Holla, was spiegelt sich in dir? Was schwebt da in des Himmels Blau? Blick auf!

Arrogantia *(blickt in die Luft).* Ein Adler ists.

Vipria. Du irrst, es ist die Phantasie, sie kömmt zu Amphio, sie hat ihm Hermiones Hand gelobt.

Arrogantia. So sagte er.

Vipria. Jetzt lebt es auf in mir, mein Plan ist reif. Wir fangen sie und sperren sie dann ein. Dann will ich sehen, wer ein Gedicht hier schreibt.

Arrogantia. Ich habe viel Verstand, doch dich versteh ich nicht.

Vipria. Begreifs! Wer dichtet denn? Die Phantasie ists, die poetische Gedanken schafft. Wir halten sie gefangen, dann fällt keinem Dichter etwas ein.

Arrogantia. Also wird auch kein Preisgedicht gemacht?

Vipria. Es wird gemacht, heut abend noch. Doch zwingen werde ich die Phantasie, den zu begeistern, den ich für Hermione zum Gemahl bestimmt, und wie der aussehen wird, das kannst du dir wohl denken, und nehmen muß sie ihn, wenn er das Beste liefert, sie schwörts in diesem Augenblick im Tempel des Apoll.

Arrogantia. Ein schöner Plan. Verbergen wir uns jetzt.

Vipria. Flieg nur, mein Vögelchen, du fliegst in unser Netz.

(Beide verbergen sich, die Statuen erscheinen wieder an ihrer vorigen Stelle. Das Ritornell[58] *der Arie beginnt. Die Phantasie schwebt mit ausgespreiteten irisfarbigen Flügeln auf rosigem Nebel nieder.)*

Die Phantasie.

Ich bin ein Wesen leichter Art,
Ein Kind mit tausend Launen,
Das Niedres mit dem Höchsten paart,
's ist wirklich zum Erstaunen.
Kurzum, ich bin ein Kraftgenie,
Sie sehn in mir die Phantasie.

(Ans Publikum.)

Wenn rauhe Wirklichkeit auch gleich
Verwundet Ihre Herzen,
So flüchten Sie sich in mein Reich,
Ich lindre Ihre Schmerzen.
Denn alles Glück, man glaubt es nie,
Am End ists doch nur Phantasie.

In dichterischem Übermut
Durchschweb ich weite Fernen.
Ich steck die Sonne auf den Hut
Und würfle mit den Sternen,
Doch vor des Beifalls Melodie
Verbeugt sich tief die Phantasie.
(Sich tief verneigend.)

58 Wiederkehrendes Vor-, Zwischen- und Nachspiel bei Liedern durch die instrumentale Begleitung.

Es ist doch wahrlich eine Schande, daß die Phantasie, die von oben kommt, als Unterhändlerin in einem Liebesroman erscheint. Apollo selbst will dieses Pärchen einen, denn unter uns gesagt, er ist ein eitler Mann, wie viele Dichter sind, und Hermiones Schwur, nur einen Dichter zu erwählen, hat ihn so entzückt, daß er mir befahl, ihr Amphio zum Dichter und artigen Gemahl zu bilden, zu *bilden*! – wohlgemerkt, weil gewöhnlich die gebildetsten Dichter die ungebildetsten Ehmänner sind. Hier kömmt mein Kandidat, ich will ihn doch ein wenig aufziehen.

ZWÖLFTER AUFTRITT

Amphio. Die Phantasie.

Phantasie. Nun mein dichterischer Freund, wie haben wir uns aufgeführt? Hat unser gestriges Sonett Cytherens[59] Bande fester geknüpft?

Amphio. Auf ewig sie zu binden, steht in deiner Macht.

Phantasie *(weint kindisch)*. Ich armes Kind soll andere vermählen, und für mich selbst wird Hymens[60] Fackel niemals leuchten. *(Verbirgt das Gesicht.)*

Amphio *(besorgt)*. Wer würde deine Hand verschmähen?

Phantasie *(lacht laut auf)*. Meinst du, ich sprech im Ernste so? Was kümmern mich die Männer dieser irdschen Welt, was gilt mir selbst ein menschlicher Apoll! Ich bin die Phantasie, der höchsten Schönheit Bild kann ich durch eigne Macht erschaffen, denn nach Adonis'[61] reizender Gestalt form ich aus rosgem Äther mir den Bräutigam, in sein Gehirn leg ich Minervens Weisheit ihm, der Zunge schenk ich die Beredsamkeit der Polyhymnia[62], in seine Brust gieß ich Latonas[63] Sanftmut aus.

59 Beiname der griechischen Göttin der Liebe, Aphrodite (lat.: Venus).
60 Griechischer Gott der Hochzeit.
61 Griechischer Held, den Aphrodite liebte, berühmt wegen seiner Schönheit.
62 Griechische Göttinnen, die die Künstler inspirierten (Musen).
63 Griechische Göttin, Mutter von Apollo und Artemis.

So bild aus Götterkräften ich mein Ideal und flieh mit ihm nach einer Himmelswelt in unbekannte Sphären. Dort bau ich Amors Tempel auf von glänzendem Rubin und laß von tausend Sonnen ihn bestrahlen. Dann raub ich dem Saturn[64] die Sichel seiner Zeit und breche sie ob unserer Lieb entzwei, damit mir jeder Kuß zur ewgen Wonne wird.

Amphio. Ach, du scherzest noch, du weißt nicht, wie poetisch wichtig diese Stunde ist.

Phantasie. Beleidige mich nicht, ich selbst habe heute Hermione zu dem Entschluß begeistert, ein Preisgedicht zu fordern, damit nur einmal dieser langweilige Liebeshandel sein Ende erreicht.

Amphio. Oh, dann wirst du mir auch deine Hülfe nicht versagen. Der heutge Tag entscheidet.

Phantasie. Du bist doch noch bescheiden, du nimmst meine Hilfe nur bei Tage in Anspruch, aber manche Dichter sind so wahnsinnig, die ganze Nacht zu schreiben, und wenn die Phantasie nicht gleich auf dem Tintenfaß sitzt, so beschwören sie mich durch Punsch und Champagner, daß ich erscheinen soll, und wer kann der Einladung eines so artigen Franzosen, wie der Champagner ist, widerstehen? Ich nicht.

Amphio. In jenem Tempel schwört die Herrscherin, ich eile, um dir zu berichten, was wir zu besingen haben. Wie freu ich mich, wie bebe ich, ach, wie quälend ist dieser Wechsel von Freude und Furcht.

Phantasie. Ach, wie quält dich dieser kleine Wechsel, und wie gerne würde mancher mit dir tauschen, der heute einen recht großen auszuzahlen hat. Die Freude ist ein Wechselhaus[65], sie muß wechseln, denn im Wechsel liegt Freude. Doch um dich zu beruhigen, will ich dir einen Wechsel ausstellen an das große Wechselhaus Amor et Compagnie. Nun, der wird dir doch sicher sein, denn

64 Römischer Gott der Fruchtbarkeit, besonders des Ackerbaus.
65 Pfandhaus, Leihhaus.

wenn die Liebe zu zahlen aufhört, dann macht die Welt Bankerott. So geh denn hin und hole den Stoff. Die Phantasie bleibt hier zurück, und wenn du wiederkehrst, umschling ich deinen Geist, und fertig ist das kindische Gedicht.

Amphio. Und wird es Hermiones Hand erringen?

Phantasie. Ich schwör es dir bei Schillers Haupt, in dem ich stolz gethront.

Amphio. Ich trau auf diesen Schwur. *(Sinkt ihr zu Füßen.)*

Phantasie *(hebt ihn auf).* Komm bald, ich harre dein. *(Amphio ab, Phantasie allein.)* Heute habe ich einen fröhlichen Tag. Wie wohl ist der Phantasie, wenn sie vom Versemachen ruhn und in ungezwungner Prosa sprechen kann. *(Sie singt eine lustige Rossinische Melodie.)* Die Phantasie kann alles. *(Hüpft herum.)* Sie ist ein mutwilliges Geschöpf.

DREIZEHNTER AUFTRITT

Vorige. Vipria und Arrogantia, erstere mit Pfeil, letztere mit Bogen und Pfeil bewaffnet.

Vipria *(der Phantasie in den Weg tretend).* Halt an! Qui vive[66]?

Phantasie. Bonne amie[67], die Phantasie.

Vipria. Nichts passiert, gib dich gefangen, bunter Rabe!

Phantasie. Doch nicht so leicht. *(Entreißt ihr den Pfeil und verwundet sie.)*

Vipria. Verdammte Schlange! *(Hält sich den Arm.)*

Phantasie *(eilt auf einen kleinen Hügel und macht Miene zum Auffliegen).* Du Hexe, denk an mich.

Arrogantia *(hat den Bogen gespannt und schießt die Phantasie in eine Achsel, an der der Flügel verwundet wird).* Und du an mich!

66 (frz.) Wer da?
67 (frz.) Gute Freundin.

Phantasie *(sinkt)*. Weh mir! Das traf!

Arrogantia *(schadenfroh)*. Jetzt kennst du mein Geschoß!

Vipria. Fort mit ihr.

(Beide fesseln sie.)

Phantasie. O unglückselges Los!

Vipria. Sperr in den Käfig sie. Ich such ihr einen Dichter auf.

(Arrogantia zieht die Phantasie an den Fesseln fort.)

Phantasie. Apollo!

Arrogantia. Folge mir!

(Arrogantia mit der Phantasie ab.)

Vipria *(allein)*. Umhülle mich jetzt, mag'sche Finsternis. *(Schwarze Wolken fallen ein, die in der Mitte einen Stern bilden. Es wird Nacht.)* Jetzt, Zauberstern, entehre deinen Glanz und strahl Gemeinheit ab und Häßlichkeit, wie sie mein rachetrunkner Sinn begehrt. *(Der Stern öffnet sich, man sieht das farbige Transparentbild des Harfenisten, mit seiner Harfe sitzend, an der Wand.)* Hahaha, willkommen, Fratzengesicht, dich ernenne ich zu ihrem Gemahl. *(Ein Wagen mit sechs Raben bespannt, statt den Laternen zwei Fackeln, erscheint.)* Durch die Lüfte fort, damit ich es schnell entführe, dies Werk einer hypochondrischen[68] Stunde der Natur. *(Fliegt ab.)*

68 Hypochondrie ist eine Form der übersteigerten Beschäftigung mit dem Gesundheitszustand, der zur bloßen Einbildung von Krankheit führt.

VIERZEHNTER AUFTRITT

Verwandlung

Das Innere eines Bierhauses. Verschiedene Gäste an Tischen. Der Schuster. Der Spengler. Ein Fremder. Der Wirt. Der Kellner. Seitwärts eine Kredenz mit Zimenten.[69] *Rückwärts hängt ein Kastel von schwarzem Papier, worauf transparent zu lesen ist: Heut spielt der berühmte Harfenist Nachtigall.*
Kurze passende Musik zur Verwandlung.

Chor.

Herrlich, prächtig, delikat
Sind die Speisen in der Tat,
Und der einzge Fehler ist,
Daß noch fehlt der Harfenist.
Sagt uns doch, Herr Wirt, einmal,
Wo bleibt denn der Nachtigall?

Mehrere Gäste. Aber was ist denn das, Herr Wirt?

Wirt. Ich bitt Sie, meine Herren, sind S' nur nicht bös, daß der Harfenist noch nicht da ist. Mit den Menschen ists nicht zum Aushalten.

Schuster. Wenn er nur nicht so grob wär mit den Gästen.

Spengler. Nein, das ist just recht, da hat man was z' lachen über ihn, er hat gute Einfälle, und so wahr!

Schuster. Den Herrn hat er neulich ein Esel gheißen, das war ein guter Gedanken.

Wirt. Ja, es ist wahr, er ist der zweite Narrendattel[70], ich habe eine Menge Gäst wegen ihm, den Leuten gfallt seine Grobheit, aber er übernimmt sich, ich hab ihms schon gsagt, wie er noch wem beleidigt, muß er ausbleiben.

Fremder. Ist das *der* Harfenist, der gestern gsungen hat?

69 Geschirrschrank, Anrichte mit Trinkgefäßen.

70 Der ›erste‹ Narrendattel war ein Wiener Wirt, der seine Gäste mit närrischen Späßen unterhielt; er ist 1818 gestorben (vgl. Emil Karl Blümml / Gustav Gugitz, *Altwienerisches. Bilder und Gestalten*, Wien ²1921, S. 65 ff.). Im Namen selbst steckt »Thaddädl«, eine beliebte Nachfolgergestalt des Hanswurst auf dem Wiener Volkstheater.

der kann ja gar nichts, da wird jetzt ein andrer kommen von Linz, den werden S' hören. He Kellner, eine Portion Schafköpfel.

Kellner. Gleich, Euer Gnaden. Der Nachtigall kommt.

Alle. Nu endlich einmal.

FÜNFZEHNTER AUFTRITT

Vorige. Nachtigall, karikiert gekleidet, mit der Harfe, kommt.

Nachtigall.

Lied

Nichts Schöners auf der ganzen Welt
Als wie ein Harfenist,
Wenn er nur seinen Gästen gfällt
Und allweil lustig ist.
Trinkt er sich auch ein Räuschel an,
Dann singt er erst recht frisch,
Und wenn er nimmer singen kann,
So fallt er untern Tisch.

Er hat nur für sein Harfen Gfühl,
Sie ist sein Weib sogar,
Die kann er schlagen, wie er will,
Die fahrt ihm nicht in d'Haar.
So singt er sich durchs Leben hin,
Einmal wird alles gar,
Und ist er tot, sagt man von ihm:
Er war ein guter Narr.

Wirt. Aber warum denn gar so spat, Herr Nachtigall?

Nachtigall. Ich bitt um Verzeihung, ich hab Kopfweh ghabt, ich hab mich angschlagn. Ich hab gestern einen Rausch ghabt. Und unser Hausmeister, wenn man um zwölf Uhr anläut, so macht er erst um eins auf, und da hab ich mich derweil ans Tor angelehnt und hab eingschlafen, auf einmal macht er gäh auf, und ich lieg nach aller Längst beim Tor drinn. Ihm schlag ich nieder, und mich schlag ich auf.

Schuster. Weil Er halt wieder ein Rausch ghabt hat. Jetzt nur anfangen.

Nachtigall. Gleich. Hansel, mein Kolophoni[71] zun Halsschmieren.

Kellner. Weiß schon. *(Beiseite.)* Das sind sechs Maß Bier.

Nachtigall. Und das Zinnteller, zum Einsammeln.

Fremder. Kellner!

Nachtigall. Aha, bist schon da, Vogel, heut setzt es was.

Fremder. Wann krieg ich denn einmal meinen Schafskopf?

Nachtigall. Nu, so gebts den Herrn sein Schafskopf, laßts die Leut nicht so lang ohne Kopf dasitzen.
(Kellner bringt das Schafköpfel.)

Wirt. Er fangt schon wieder an. Herr Nachtigall, ich rat Ihms.

Nachtigall. Herr Wirt, mit den gibts ein Streit. Ich kenn ihn, er will mich ums Brot bringen.

Wirt. Untersteh Er sich.

Nachtigall. Nutzt nichts, ich bin ein streitbarer Mann, gstritten wird.

Wirt. Wenn Er mir ein Gast beleidigt –

Nachtigall. Er ist kein Gast, ich werd ihms schon sagen, warum.

Schuster. Anfangen einmal und a bissel was Neues singen.

Nachtigall. Allemal. *(Singt und spielt Harfe.)*

Lied

Der Heurige[72] ist ja ein Göttergetränk,
Er wirft oft die schönsten Leut unter die Bänk,
Und wer bei der Nacht will die Sonn scheinen sehn,

71 Kolophonium: ein Harz, das u. a. zum Geschmeidigmachen des Geigenbogens verwendet wird.

72 Einjähriger, junger Wein.

Der darf nur recht spot[73] noch zum Heurigen gehn.
Drum, Brüderln, ich rat engs[74], zum Heurigen gehts!

Der Heurige gibt einem Menschen erst Lust,
Er stärkt ihm die Leber und frißt ihm die Brust,
Er bringt die Leut früher in Himmel hinein,
Denn mancher, der 'n trunken hat, wird schon dort sein.
Drum, Brüderln, ich rat engs, ein Heurigen trinkts!

Der Heurige kennt keine Parteilichkeit nicht,
Er laßt sich nicht spicken[75], er tut seine Pflicht,
Seis Graf oder Bettler, da schützt gar kein Nam,
Der Heurige packt ihn und reißt ihn zusamm.
Drum, Brüderln, ich rat engs, ein Heurigen trinkts!

Und wollts nicht viel zahlen, so macht es nur fein
Und duselts den Wirt an mit heurigem Wein.
Im Rausch sieht er doppelt, da zahlts ihn gschwind aus,
So schlupfts bei der Zech mit der Hälfte hinaus.
Drum, Brüderln, ich rat engs, ein Heurigen trinkts!

Fremder *(lacht laut).* Das ist nicht zum Anhören. Kellner, zahlen!

Nachtigall. Ah! *(Hört plötzlich auf.)* Oh, heut kommst mir nicht aus. *(Nimmt den Sammelteller und geht damit herum.)* Haben Sie die Güte, meine Herren. *(Zu dem Fremden.)* Sie, ich bitt untertänig.

Fremder. Was gibts? Er hat ja noch nichts gsungen.

Nachtigall. Ich hab ja just aufghört.

Schuster. Ja, aber der Herr hat schon eher aufghört, eh der Herr angfangt hat.

Nachtigall. Das geht mich nichts an, er hat gestern zwei Lieder bestellt und hat nichts zahlt.

Fremder. Impertinent.

73 spät.
74 euch.
75 bestechen.

Nachtigall. Sie sind impertinent.
Fremder. Fahr Er mir nicht auf.
Nachtigall. Fahren Sie mir nicht ab.
Fremder. Just nicht. Kellner, zahlen!
Nachtigall. Nichts Kellner zahlen, Harfenisten zahlen.
Schuster. Ruhig, der Herr hat Recht. Wer wird eh zahlen, eh man was hört? Ich trag als Schuster die War ins Haus und krieg oft kein Geld, viel weniger vorhinein.
Nachtigall. Warum ist der Herr ein Schuster worden? Den Herrn sein War treten die Leut mit Füßen. Aber ich leid das nicht, das ist ein verkleider Harfenist von Linz, der will mich ausstechen.
Fremder. Das ist erlogen. *(Wirft ihm ein Stückel Geld hin.)* Da hat Er, und jetzt marsch.
Nachtigall. Nichts marsch, halt! wird kommandiert. Da haben Sie Ihre zwei Groschen, mit denen kaufen Sie mir die Grobheiten nicht ab, die ich Ihnen heut noch antun will. Über meine Stimme haben sie gschimpft, Sie haben gsagt, ich heiß deswegen Nachtigall, weil die Leut immer ein Gall haben, wenn ich auf die Nacht sing.
Fremder. Kerl, ich nimm mein spanisches Rohr[76] und –
Nachtigall. Was – für deutschen Gesang wollen Sie spanische Schläg hergeben? Wenn Sie ein gschickter Harfenist sein, so lassen Sie ein paar tüchtige Triller heraus, aber Sie sind ein Sänger der Vorzeit, der in der jetzigen nichts mehr kann.
Fremder. Meine Herren, nehmen Sie sich um mich an, ich bin ein Reisender.
Nachtigall. Und ich bin ein Rasender, und wenn Sie noch so weit gereist sind, in meinen Augen sind Sie doch nicht weit her.
Wirt. Jetzt sei der Herr still, oder ich red aus einen andern Ton.
Nachtigall. So stimmen Sie einen an, ich red einmal aus den F.

76 Rohrstock.

Wirt. Und ich sag drauf G. *(Zeigt auf die Tür.)*

Nachtigall. Was G? Solche Buchstaben stoßen Sie aus? A, jetzt muß ich als Harfenist andre Saiten aufziehen.

Schuster. So, jetzt geht er übern Wirt auch.

Wirt. Ich verbiet Ihm mein Haus *ganz.*

Nachtigall. Ganz? Das können Sie nicht, weil Sie noch die Hälfte darauf schuldig sein. Übrigens sind Sie in meinen Augen ein braver Mann, aber Ihr Bier ist nichts nutz.

Wirt. Weil Er Seine Grobheiten nicht aufgibt, so geh er gleich.

Nachtigall. Weil ich meine Grobheiten nicht aufgib, so bleib ich *gleich.* Allen Respekt vor meine verehrten Gäst', aber meine Herren, ich fordere Sie bei Ihrer Ehr auf, können Sie mir etwas Höfliches nachsagen?

Alle. Nein, das ist wahr.

Nachtigall. Sehen Sie. Nur eine Stimme. Ich bin ein gerader Mann, ich laß mich kerzengrad bei der Tür hinauswerfen, ich geh doch wieder herein, ich weiß schon warum, aber zwei Leirer in einen Wirtshaus tun nicht gut. Das ist ein Harfenist, der muß hinaus.

Alle. Er muß hinaus.

Nachtigall. Ich will sehen, wer mich aus den Haus bringt.

(Donnerschlag. Nacht. Vipria aus der Versenkung.)

Vipria *(stark).* Ich!

Nachtigall. O Jegerl[77], der Mon-Mon[78]!

(Beide versinken. Alles in Staunen.)

Chor.

O Spektakel, welch Gebraus,
Es erbebt das ganze Haus,
Gütger Himmel, steh uns bei,
Das ist Satans Hexerei.

77 Ausdruck des Schreckens oder der freudigen Überraschung.
78 Schreckwort für kleine Kinder (Gespenst, Teufel).

(Heftiger Donnerschlag, ein Blitzstrahl fährt schief über die Hinterwand und spaltet sie, so daß die untere Hälfte eine Art Dreieck bildet, der obere Teil stürzt ein, und man sieht in lichter Ferne ganz im kleinen den Wolkenwagen mit Nachtigall und Vipria schweben. Während es vorne finster bleibt, ist der Hintergrund mit griechischem Feuer[79] beleuchtet.)

Weh, weh, wir sind verloren,
Seht, die Hexe und der Schuft
Fliegen pfeilschnell durch die Luft.

(Die Kortine[80] fällt. Ende des ersten Aufzuges.)

79 Leicht brennbarer, explosiver Stoff für ›Theaterfeuer‹.
80 (frz.) Theatervorhang.

ZWEITER AUFZUG

ERSTER AUFTRITT

Romantische Gegend vor dem kolossalen Palaste der Zauberschwestern. Zwei weiße Löwen liegen vor dem Eingange. Vipria sinkt unter leiser Musik mit Nachtigall in ihrem Wolkenwagen nieder. Sie streiten noch während dem Niedersinken.

Nachtigall. Lassen S' still halten, ich bleib einmal nicht.

Vipria. Schweig!

(Der Wolkenwagen ist am Boden, Nachtigall springt erzürnt heraus.)

Nachtigall. Wann ich aber nicht will. Da haben wirs, jetzt geht s' mit mir in einem Land nieder, wo ich gar nimmer z' Haus find, da muß ich verhungern, das ist eine unwirtbare Insel, wo soll ich da einen Wirt finden, der einen Harfenisten braucht?

Vipria. Beruhige dich, ich werde deine Tafel schon besorgen.

Nachtigall. Sie? Nun da hab ich schon gegessen, wenn ich das hör. Sie führen mich nimmer an.

Vipria. Die Zunge halt im Zaum, Raison nimm an.

Nachtigall. Was Raison? Ich räsonier genug. Wie können Sie eine ordentliche Person sein? Sie gehn ganz allein ins Wirtshaus wie ein Husar, packen mich auf und entführen mich, mich unschuldsvollen Mann, schamen Sie sich nicht?

Vipria. Ich habe dich zu deinem Glück entführt.

Nachtigall. So? und da kommen Sie mit *der* Equipage? Da kommt man mit sechs Rappen, aber nicht mit sechs Raben, da muß einer ja rabiat werden.

Vipria. Und doch werd ich dich hoch erheben.

Nachtigall. Ich bedank mich für eine solche Erhebung. Wann ich in der Luft oben häng, und fliegen die Raben um mich herum. Wollen Sie ein Rabenbratel[1] aus mir machen?

Vipria. Ein Bettler bist du jetzt, ein Krösus sollst du werden.

Nachtigall. Ah, da muß ich bitten, jetzt heißt s' mich gar einen Bettelmann. Haben Sie meine glänzenden Verhältnisse nicht bemerkt, haben Sie nicht ghört, wie mich der Wirt auf den Glanz hergestellt hat? Jetzt werden Sie gleich mit mir gehen und werden mich an ein Ort führen, wo ich Sie verklagen kann.

Vipria. Den Löwen schenk ich dich zum Mahl, wenn du dich nicht in meinen Willen fügst.

Nachtigall. Was für Löwen? *(Sieht sich um und erblickt das Gebäude samt den Löwen, erzittert.)* O saprerment, das sind zwei Bologneserl[2]. *(Auf einen Löwen deutend.)* Das eine muß ein Weibel sein, sie kokettiert auf mich. Jetzt zieh ich andre Saiten auf. Verehrteste! *(Fällt auf die Knie.)* Ich bin jetzt, was Sie wollen, ich bin ein Bettelmann, ein Bettelweib, eine ganze Bettlerfamilie, wenn Sie befehlen, ich bitt gar schön, schenken S' mir nur ein bissel mein Leben.

Vipria. Steh auf, gib Augen deiner blinden Furcht, und sieh dich um im Vaterland der Blumen.

Nachtigall *(bleibt knien).* Ich weiß es, ich bin voll Respekt, ein schönes Land, ich küß ihm die Hand, und blumenreich, mir hats von weiten schon gfallen, ich habs für ein großes Gartengschirr[3] ghalten.

Vipria. Entzückt dich nicht der Wohlgeruch?

Nachtigall. Das glaub ich, die Woll riecht hier sehr gut. Das ganze Land ist ein völliger Pomadetiegel.

Vipria. Steh auf. *(Beiseite.)* Der Narr taugt ganz für meinen Plan. *(Laut.)* Dies Land ist nicht so unbewohnt, als du es wähnst. Hier atmen Tausende, und über sie herrscht eine junge, und eine schöne Königin.

1 Schimpfwort für einen schlechten Menschen, der zu ›hängen‹ wäre.
2 Luxushunderasse von besonders kleinem Wuchs.
3 Blumentopf.

Nachtigall. Also zwei Königinnen? eine Junge, und eine Schöne? Nu wenn die junge auch schön ist und die Schöne auch jung, da muß einem schön die Wahl weh tun. Das wär' ein Glück, wenn ich da Harfenist werden könnt?

Vipria. O du bescheidner Wurm! An ihrer Seite wirst du *herrschen*, morgen schon.

Nachtigall. Hören S' auf. Sie Gspassige, Sie foppen mich. Eine Kinigin soll ich erhaschen? ein Kinigelhasen[4] vielleicht.

Vipria. Zum Werkzeug meiner Rache hab ich dich entführt, noch heute abend wirst du hier ein Preisgedicht verfassen, wodurch die Hand der Herrscherin dir werden muß. Unter Tausenden wirst du das beste liefern.

Nachtigall. Das beste liefern? Seltne Tugend eines Lieferanten.

Vipria. Jetzt eilst du hin und meldest dich in jenem herrlichen Palast, dort gibst du vor, du wärest ein Minstrel[5], ein Sänger aus dem fernen Engelland, dir wär Apoll erschienen, im Begeistrungstraum, und hätte dir befohlen, in dies Land zu segeln und der Dichtkunst Ehre hier zu retten und eine Würde zu erringen, die deinem Geist gebührt und deinem Stolz.

Nachtigall. Das wird ein pompöser Einzug werden, mit den zerrissenen Hut und den gflickten Rock.

Vipria. Ein Wort von mir wird dich in goldene Kleider hüllen, und eine goldene Harfe schenk ich dir.

Nachtigall. Ah, da werd ich eine goldene Schneid[6] haben, da geben S' acht. Das ist die neueste Erfindung in der Medizin, daß Gold die Nerven stärkt. Und wie haben s' das entdeckt? Da haben s' einen armen Teufel, der vor Hunger kaum mehr gehn hat können, alle Säck voll mit Dukaten gefüllt, und auf einmal hat sich eine solche Kraft an ihm geäußert und er ist so impertinent geworden, daß

4 Kaninchen.
5 Sänger, Spielmann, Gaukler im mittelalterlichen England (bis zum 16. Jh.).
6 Schärfe, auch: Mut.

er die schönsten Leut bei der Tür hinausgworfen hat. Pums, haben s' ihm das Gold wieder weggenommen, und er war wieder so miserabel wie vorher.

Vipria. Ich will an dir erproben diese Kraft. Geh hin! Du wirst dort viele Dichter treffen, doch lache ihres Spotts. Zu Hermione laß dich führen, so heißt die Königin, dort bläh dich auf, durch Prahlerei vermehr die Häßlichkeit, die dir Natur verliehn, damit dein Anblick ihre Heiterkeit vergifte. Dann kehrst du schnell zurück und schlägst an dieses Tor, hier wirst durch Hülf der Phantasie du das Gedicht erschaffen, das dich zu Hermionens ewger Qual zum Herrscher stempelt ihres Reichs und ihrer halb verloschnen Reize.

Nachtigall. An *das* Tor soll ich anklopfen, wo die zwei Hausmeister vor der Tür liegen? Das laß ich bleiben. Wenn einer unrecht versteht, so macht er statt der Tür den Rachen auf. Da geh der Aken[7] hinein, ich nicht.

Vipria. Den Löwen kümmert nicht die Maus. Geh hin, versuch's. Die Schwester öffnet dir.

Nachtigall. Jetzt haben die Löwen eine Schwester auch noch. Was ist zu tun? Hier zwei männliche Löwen, *(auf Vipria deutend)* dort ein weiblicher Tiger. Wer ist jetzt bissiger? Aufs Beißen gehts einmal los. *(Entschlossen.)* Ich halts mit die Löwen. Vielleicht sind sie ebenso großmütig, als ich kleinmütig bin. Mut, Richard Löwenherz[8]! *(Lauft hin, klopft schnell an und springt gleich wieder zurück.)* Getroffen hab ich, was ich troffen hab, das wird der Himmel wissen.

7 Herr van Aken war ein bekannter Tierbändiger und Zirkusdirektor.

8 Englischer König (1189–99), hier gebraucht als Sinnbild für einen mutigen Mann.

ZWEITER AUFTRITT

Die Torflügel springen auf. Arrogantia tritt hervor. Vorige.

Arrogantia. Wer wagt es, anzupochen hier?

Nachtigall. So ists recht. Eine war nicht gnug zu meiner Qual, die Fortsetzung kommt auch heraus.

Arrogantia. Was willst du, Übergang vom Affen zu den Menschen?

Nachtigall. Da haben wirs, ich habs ja gwußt, der zweite Teil ist immer schlechter als der erste.

Vipria. Wie kannst du den beschimpfen, den mein Blick aus Millionen sich zum Werkzeug hat erkoren?

Nachtigall. Just mich hat s' erwischt, das ist ein solches Glück, als wenn der zehnte Mann erschossen wird.

Vipria. Hier stell ich dir den Helden dieses Tags, den künft'gen Schach[9] der Insel vor.

Arrogantia. Welch eine herrliche Karikatur! Hahaha, Freund, du bist die schönste Mißgestalt, die ich erblickt noch hab.

Nachtigall. Ich bitt recht sehr, meine schöne Bella-Donna[10], Sie sind zu gütig. Nein, was die für eine Beschreibung von mir herausgibt, das ist schandvoll.

Vipria. Was macht die Phantasie, hat sie den Käfig nicht zertrümmert?

Arrogantia. Verzweiflung hat in ihr gewütet, doch blickt sie ruhig jetzt um sich, und bald erglänzt ihr Aug, bald spiegelt eine Träne sich in ihm.

Vipria. Sie dauert mich, die arme Nachtigall.

Nachtigall. Also da drinn haben s' auch eine Nachtigall? Auf die Letzt gehn die herum und fangen die Nachtigallen zusamm. O ich unglücklicher Nachtigall, auf die Letzt komm ich in ein Vogelhaus und muß aus einen Nirschel[11] saufen, und mir ist ein Maßziment[12] zu klein.

9 (pers.) König.
10 (ital.) Schöne Herrin (Frau), Wortspiel mit der gleichnamigen Giftpflanze.
11 Futternapf für Tiere.
12 Trinkgefäß mit 1–2 l Inhalt.

Vipria. Wie stehts mit unserem Dichterschwarm, wirkt ihre Gefangenschaft auf ihn.

Arrogantia. Herrlich. Alle Dichter dieser Insel rennen in geistloser Verwirrung durcheinander, auch nicht ein Vers steht ihren hohlen Köpfen zu Gebot, seit sich die Phantasie daraus entfernt.

Vipria. So komm, ich will der Phantasie verkünden, wodurch sie ihre Freiheit kann erringen. Unterdessen wird sich dieser im Palaste Hermionens zeigen. Berühre ihn mit deinem Pfeil.

Arrogantia. Erglänze, Kies, und werd zum Edelstein, von außen wenigstens.
(Sie berührt Nachtigall, er hat ein goldgesticktes Staatskleid an, zu gleicher Zeit erscheint auf der Rasenbank unterm Baum der Hut mit Federn geschmückt, den ihm Arrogantia gibt. Vipria berührt einen Baum, es hängt augenblicklich eine goldne Harfe daran.)

Vipria.
Und ich schenk diese Harfe dir,
Geh hin und lasse sie erklingen.
Durch Harfenton erfreutest du so manches trübe Herz.
Doch heute bring ein fröhliches durch ihren Klang zum Schmerz.
Erring durch sie das Preisgedicht, du Sänger froher Lust,
Und bohr dadurch den Rachepfeil in Hermiones Brust.
(Beide in den Palast ab.)

Nachtigall *(allein)*. Jetzt laufen s' alle zwei davon und lassen mich dastehn. Wenn ich nur ein Wort verstanden hab von der ganzen Schnatterei, so bin ich ein schlechter Mann. Ich weiß gar nicht, was mit mir da wollen, wann ich lieber in meinen Bierhaus wär, mir wird mein Lungenbratel[13] kalt, was ich mir angschafft hab. Und tu ich nicht, was sie schaffen, so bringen s' mich am End gar um, die zwei Bisgurn[14]. Anzogen hätten s' mich schön, es

13 Lendenbraten.
14 Schimpfname für eine zänkische Person.

könnt was herausschauen. Aber, ich kenn mich nicht aus. Mir bleibt der Verstand aus, und ich soll ein Preisgedicht machen. Um keinen Preis, das kann ich nicht. Lieder hab ich genug gemacht, ich war sehr liederlich, will ich sagen, liederreich. Aber trauervolle Vers, gerührte, die hab ich noch nie versucht. Ah was, ich verlasse mich auf meine zwei Rabenschwestern, ich geh jetzt einmal in den Palast und hol mir entweder einen tüchtigen Respekt oder tüchtige Schläg ab. Der Zufall ist ein kurioser Patron[15], der hat schon manchen herausgeholfen.

Arie

Der Zufall, der sendet viel Vögelchen um
Von zweierlei Gattung per se,
Die flattern der Welt um die Nase herum
Und bringen ihr Wohl oder Weh.
Die Glücklichen habn eine rote Montur[16],
Die Schlimmen sind schwarz wie ein Rab,
Doch streifen die roten auf blumigter Flur,
Die schwarzen, die fliegen talab.

Drum send mir, o Zufall, ich bitte dich fein,
Ein rosiges Vögelchen heut,
Das flieg in den Saal meiner Zuhörer 'nein
Und stimm sie zur Nachsicht und Freud.
Dann schwing ich die Harfe, erobre die Braut
Und führ sie im Jubel nach Haus.
Doch ist sie mein Weibchen, dann rufe ich laut,
Freund Zufall, jetzt pack dich hinaus.

Die Treue darf nie bloß durch Zufall bestehn,
Der Zufall bringt oft ein Chapeau[17],
Und Zufälle, die wir mit Eifersucht sehn,

15 seltsamer Schutzherr, hier: komischer Kerl, merkwürdiger (Schutz-)Heiliger.
16 (ital.) Bekleidung.
17 (frz.) Hut, hier: Begleiter, Beschützer von Damen (Liebhaber, Kavalier).

Die machen fürwahr uns nicht froh.
Doch stürbe mein Weibchen, fatale Geschicht,
Mein Wunsch wird es niemals zwar sein,
Dann, glücklicher Zufall, vergesse mich nicht,
Find mit einer andern dich ein. *(Ab.)*

DRITTER AUFTRITT

Verwandlung

Hermiones Palast. Odi. Alle Dichter der Insel stürzen herein.

Chor *(zu Odi).*
Laß uns vor, eile hin,
Rufe schnell die Herrscherin.
Wir erdulden nicht die Qual,
Sie verschieb die Dichterwahl.

Odi. Seid ihr denn unsinnig geworden? Hat das Dichten euch die Sinne verwirrt?

Ein Dichter. Vorbei ists mit der Dichtkunst hoher Gabe, wir sind behext, uns fällt kein Vers mehr ein. Hermione bitt hieher, wenn du ein Freund zu deinem Rücken bist.

Alle. Ja, hörst du, Wicht.

Odi *(schreiend).* Ich höre schon. *(Im Abgehen für sich.)* Du grobes Dichtervolk. *(Ab.)*

VIERTER AUFTRITT

Narr. Vorige.

Narr *(eilt herein).* Ists wahr, was ich gehört? Die Hippokrene[18] ist vertrocknet, die ganze Dichtkunst sitzt auf dürren Sand! O weh, o weh, o weh!

18 In der antiken Mythologie Quelle am Berg Helikon, die der Hengst Pegasos, der Liebling der Musen, durch einen Huftritt entspringen ließ.

Alle. Hermione ist für uns verloren.

Narr. Fällt euch denn gar nichts ein?

Alle. Gar nichts.

Narr. O arme Waisenkinder des Apoll, ich will nach Deutschland reisen und bei unsern Dichtern eine Gedankenkollekte für euch machen.

(Distichon verstört, rasch eintretend.)

Distichon. Verrat, Verrat! Mein Geist hat sich empört.

Narr. Dem Himmel sei gedankt, hier ist der Weisheitsmillionär.

Distichon. O Brüder, stimmt in meine Klage ein, Apoll hat mich verflucht, Verzweiflung, nimm als Sohn mich an.

Narr. Da kriegt s' ein saubers Kind.

Distichon. Verloren ist mein Geist. Wo find ich ihn?

Narr. Ich trommle ihn dir aus, es bringt ihn jeder gern, er nützt so niemand was.

Distichon. Gar, gar nichts fällt mir ein. Und ich soll heut den Preis erringen.

Narr *(kniet sich nieder)*. O du Herkules aller Dichter, ich winde mich im Staube und bewundere deine Unfähigkeit.

Distichon *(verzweifelnd sich vor die Stirne schlagend)*. Oh, hätte ich meine Gedanken in Spiritus bewahrt.

Narr *(ebenso)*. Oh, hätte ich meinen Witz an einen Eseltreiber verkauft.

Distichon. So dürft ich die Schmach nicht erleben, der Narr dieses Narren zu sein.

Narr. So dürft ich die Schand ihm nicht antun, an *euch* ihn zu üben.

FÜNFTER AUFTRITT

Vorige. Hermione schnell.

Hermione. Wer ists, der mich begehrt, was will die bunte Menge mir?

Narr. Die Verzweiflung hält ihren Triumpheinzug hier.

Hermione. Hier ist nicht euer Platz, im Tempel sehn wir uns. Zu rasch war euer Geist.

Distichon. O Königin, laß mich zu deinen Füßen sterben.

Hermione. Stirb im Gedicht, nicht in der Wirklichkeit. Ein Distichon darf nur in Versen enden.

Distichon. An Knittelversen werd ich noch ersticken. Unmöglich ists uns heut, dich, Hohe, zu besingen. Es ist, als hätten wir alle nur einen einzgen hohlen Schädel, aus dem die Dummheit selbst mit einem ungeheuren Besen die Vernunft hinausgefegt. Ein Zauberkrampf zieht unser Hirn in einen dichten Knaul zusammen.

Hermione. Bist du mein Hofpoet, was sprichst du so gemein?

Distichon. Das ist das Schönste noch, was ich den ganzen Tag gesagt, ich kann nichts Edles denken mehr, und wo ich hinseh, seh ich eine Fratze. *(Sieht auf den Narren.)*

Narr. Ich auch.

Distichon. Darum, o Herrscherin, verschieb den heutgen Preis, wir können dich heut nicht erringen, laß uns bis morgen Zeit, wenn du nicht unbesungen aus dem Tempel eilen willst.

Hermione. Die Furcht ist es, die euren Geist bestrickt. Wie? Wagt ihrs zu behaupten, daß hier außer euch kein Dichter lebt? Bestraft sei euer Stolz, ich halte meinen Schwur, und ich erneu ihn hier, und wenns ein Bettler ist. Verse will ich klingen hören. Hermione heißt der Stoff. Sieben ist der Stunde Zahl. Jetzt eilet hin und erjammert ein Gedicht, weil ihr zu feig es zu ersinnen seid.

Distichon. So leb denn wohl, du stolze Dichterbraut! Kommt, ihr enterbten Söhne lyrscher Muse, erleichtern wir durch Schimpfen unser edles Herz. Wir sind doch Genies der Welt zum Trotz, und wenn wir gar nichts wüßten, wissen wir doch das. Wir finden uns im Tempel ein, vielleicht, daß sich die Zaubernacht in unsern Köpfen lichtet, dann brüllen wir die Verse gegen seine Kuppel, daß sie erdröhnet und ihr dreifach Echo uns den Preis entgegenruft. *(Stürzt ab.)*

Alle. Ja, das wollen wir.

(Alle ihm nach.)

Narr. Jetzt haben s' ihms geben. O ihr verseverarmten, prosaischen Bettelhunde.

Hermione. Das ist Apollos Werk. Amphio, nun hast du leichteres Spiel.

SECHSTER AUFTRITT

Vorige. Odi.

Odi. Gebieterin, ein Fremdling bittet um Gehör, er richtet viele Grüße von Apollo aus, der ihn gesandt. Er ist der schnellste Schwimmer, den das Meer je trug, in einer Nacht schwimmt er von England her. Es ist ein spaßiger Patron.

Narr. Vielleicht Apollo selbst?

Hermione. Ist es ein schöner Mann?

Odi. Von weitem hielt ich ihn für einen Pavian. In der Nähe magst du selbst ihn hier betrachten.

SIEBENTER AUFTRITT

Vorige. Nachtigall mit der goldenen Harfe.

Nachtigall.

Arie

Serviteur[19], Serviteur!
Ist Ihnen allerseits ein Ehr.
Ich bin ein großer Dichtersmann,
Das sieht mir jeder Narr gleich an,
Und schwimme übers Rote Meer
Als goldner Fisch aus England her.

19 (frz.) Diener.

Apollo selbst ist mein Herr Vetter,
Im Himmel lauf ich ab und zu,
Und erst mit alle andern Götter
Da bin ich gar auf du und du.
Kurzum, ich bin hieher gekommen,
Weil, wer ein Preisgedicht ersinnt,
So hab die Kunde ich vernommen,
Am ersten Ruf die Braut gewinnt.
Drum lach ich mir voll an den Bugel[20],
Der Sieg, ich wette drauf, ist mein,
Ich stiehl Fortunen ihre Kugel
Und scheib als Dichter alle Neun.[21]

Hab ich die Ehre, die Prinzessin Hermione zu betrachten?

Hermione. So ist es, Freund, du hast dich nicht geirrt.

Nachtigall. Bin ungemein erfreut. *(Beiseite.)* Ah, das ist eine liebe Person, wenn die meine Frau ist, schau ich vierzehn Tag keine andre an. *(Zum Narren.)* Und wie heißt dieser Herr?

Narr. Ich heiße Muh!

Nachtigall. Ein schöner Nam, so leicht, so flüssig, eine jede Kuh kann ihn aussprechen.

Narr. Ich hab ihn auch schon aus eines Esels Mund gehört.

Nachtigall. Vielleicht ein Anverwandter der Prinzessin?

Narr. Der Hofnarr bin ich hier.

Nachtigall. Hofnarr? fi donc[22]! Da gehört Er in den Hof hinunter, Freund, und nicht im Saal herauf.

Narr. Heut ist schon so ein Tag, wo alle Narren eingelassen werden. Sonst wärst du auch nicht da.

Nachtigall. Also wie stehts mit uns, Verehrteste?

Hermione. Mit uns? Du sprichst sehr kühn, mein Freund.

20 Buckel.

21 *Kugel:* Fortuna wird oft über einer Kugel schwebend dargestellt, die auch als Weltkugel erscheint; *scheiben:* (österr.) kegelschieben.

22 (frz.) pfui!

Nachtigall. Ja, wer wird denn da viel Umständ machen, wir werden heut abend Mann und Weib.

Hermione *(lächelnd).* Weißt du das so gewiß?

Nachtigall. Gar kein Zweifel. Sie sind der Preis, der ausgesungen wird, und ich der entsetzlichste der Dichter in der Welt. Das merkt man gleich an der – wie sagt man nur – nun, an Verschiedenen.

Narr. An der Ideenfülle hauptsächlich.

Nachtigall. Das will ich hoffen, die gefüllten Ideen sind immer besser als die ungefüllten, das ist so wie mit den Krapfen. Übrigens hab ich als Dichter eine außerordentliche Leichtfertigkeit. Ich hab schon über fünfhundert Trauerspiels geschrieben, und je mehr als ich schreibe, desto trauriger wird das Publikum.

Hermione. Kennst du den Homer?

Nachtigall. Nein, aber den Humor kenn ich, und der soll mir auch Ihr Herz erobern. Auch darf man gar nicht glauben, daß ich ein armer Teufel bin, ich hab in England schöne Revenüen[23].

Narr. Also nicht der *arme* Poet vom Kotzebue[24]?

Nachtigall. Nein, der reiche, aber es sind nicht alle so reich. Es gibt geschickte Dichter, wenn sie den Mund auftun, machen sie sehr witzige Ausfälle, aber wenn sie den Sack auftun, fällt ihnen nie was heraus. Doch zur Sache jetzt. Mein Herr Vetter, ein gewisser Apollo, ist mir die vorige Nacht im Traum erschienen und hat mir Ihre Hand versprochen und den heutgen Abend zur Vermählung bestimmt. Machen Sie also keine Umstände und fügen Sie sich in seinen Willen. Meine Aufwartung hab ich gmacht. Ich werde jetzt noch ein kleines Jausenschlaferl[25] machen, und dann fang ich zum Dichten an, daß der Rauchen aufgeht. *(Mit dichterischer Begeiste-*

23 (frz.) Einkünfte.
24 August von Kotzebues (1761–1819) *Der arme Poet* (1813) wurde bis in die zwanziger Jahre des 19. Jahrhunderts auf dem Theater in der Leopoldstadt gespielt.
25 Mittagsschläfchen.

rung.) Und eh die Sonne in das Meer noch plumpst, bin ich so glücklich, Ihr Gemahl zu sein. *(Will ab.)*

Hermione. So lebe wohl, beweise bald, ob du ein Meister in dem Versbau bist.

Nachtigall. Was Bau? Verzeihen Sie, da muß ich nochmal umkehren. Ein Baumeister bin ich nicht. Das sag ich gleich.

Hermione. Ist nicht die Dichtkunst mit der Baukunst formverwandt? Denn wie der Bauherr Stein an Stein aus edlem Marmor füget, so reihet der Poet Gedanken an Gedanken und bindet sie durch seines Witzes Mörtel.

Nachtigall. Sie irren sich. Wissen Sie, was für ein Unterschied ist zwischen ein Dichter und einem Baumeister? Wenn einen Dichter etwas einfallt, ists ihm eine Ehr, wenn aber einem Baumeister etwas einfallt, das ist eine schöne Schand. Das glauben Sie mir, der ich die Ehre habe, mich zu empfehlen. *(Ab.)*

Hermione. Ein sonderbarer Mensch, ein Abenteurer ists, der hier sein Glück versucht, doch er erheitert mich.

Narr *(neidisch).* Wenn *der* den Preis gewinnt, dann gibst du *unterm* Preis dich weg.

Hermione. Schweig, Narr, ein Dichter ist er nicht, doch besser scheinet sein Gemüt als deins zu sein. Und seine Laune könnte deiner leicht gefährlich werden. Verlaß mich jetzt.

Narr *(für sich).* So muß sogar ein Narr auf seiner Höhe zittern? O undankbare Welt, da glaubt so mancher oft, er wär allein der Narr im Haus, da kommt ein andrer her und sticht ihn wieder 'naus, und dieser andre wird von einem andern andern dann verdrängt, und so zerstreiten sich die armen Narren ums traurge Narrentum. Ein jeder möcht der größere sein, und jeder narrt sich selbst. O eitle Narretei, o närrische Eitelkeit, ich wollt, ich hätt brav Geld, dann mach ein Narrn, wer will. *(Ab.)*

Hermione *(allein).* Gemeiner Neid, der selbst den Weisen schändet oft. O Amphio, wie wird man dich beneiden, wenn dich die Myrte und der Lorbeer schmückt.

ACHTER AUFTRITT

Vorige. Amphio, verstört und bleich.

Amphio. O Hermione, find ich dich? Wenn du mich je geliebt, so blick mich gütig an.

Hermione. Was quält dich, Amphio, was führt dich jetzt hieher?

Amphio *(starr).* Laß mich in deine Augen schaun, ich bitte dich, so lang, bis sich mein Geist an ihrem Strahl entzündet. *(Hermione sieht ihn verwundernd an.)* Ich danke dir. *(Er macht das Spiel, als wollt er sich durch ihren Anblick zum Dichten begeistern, und vermag es nicht. Er geht daher hoffnungsvoll einen Schritt von ihr und sagt nachdenkend gegen Himmel schauend.)* So – so – nun wird es gehn. *(Immer unruhiger.)* Flamm auf, Gemüt, flamm auf! *(Verzweifelnd.)* Es ist umsonst, sie ist für mich verloren! *(Will ab.)*

Hermione. Wo willst du hin?

Amphio. Ins Meer. *(Lacht wild.)* Ich will Neptun mich weihn.

Hermione. Doch seiner ungetreuen Tiefe nicht?

Amphio. Sie ist nicht tiefer als mein Schmerz, und seinen Wellen kann ich nur vertraun, warums in ihren Grund mich reißt.

Hermione. Bist du mein Amphio? Hermione sei der Stoff, sprach das Orakel heut, und so besingst du mich?

Amphio. So wisse denn, ich kann dich nicht besingen, mein Geist ist wüst, mein Herz ist kalt, seit du mich sprachst, bin ich nicht Amphio mehr.

Hermione. Ermanne dich, dir fehlt Vertraun auf deine Kraft.

Amphio. Betrogen bin ich durch die Phantasie, sie ist ein Weib, hätt ich ihr nie getraut.

Hermione *(empört).* Oh, könnt ich für dich dichten, um dir zu beweisen, wie schön ein Weib aus Liebe denken kann.

Amphio. Sie ist erschöpft, sie hat sich selbst verbannt.

Hermione. Oh, lästre nicht, sagst du nicht selbst durch dein Gedicht:

Es ist die Phantasie ein tiefer Zauberbrunnen,
Aus dem wir der Gedanken Nektar schöpfen.
Er reichet vom Olymp bis in des Orkus tiefsten Schlund,
Mit seinem Ring umschließet er die Welt,
Und unausschöpfbar ist sein ewger Born,
Denn alle Ströme der Verhältnisse
Ergießen sich auf seinem Grund.

Amphio. O Königin, warum hast du den kühnen Schwur gewagt? es hätte des Gedichtes nicht bedurft, nur deine Liebe braucht ich zu erringen, denn wisse, daß – doch nein, nun ists zu spät, du wirst des Siegers Braut, und mein Geheimnis laß ich mit mir untergehn.

Hermione. O halt, noch hab ich einen Hoffnungsstrahl. Wie du, so klagen alle meine Dichter, vielleicht, daß es ein Spuk der bösen Zauberschwestern ist, drum Mut, denn in dem Tempel des Apolls *muß* dieser Zauber schwinden. Freude, Amphio, mir sagts mein Herz.

Amphio. Das Elend hascht nach jedem Hoffnungswahn. So will ich mein Vertraun mit deinem Hoffen denn vermählen und einen Sohn erwarten, der Erfüllung heißt.

Hermione. Ich will noch vor dem Fest schnell das Orakel fragen, mehr darf ich nicht für unsere Ruhe tun. Nicht mir gehör ich an, nein, ich gehör Apoll, mein höchst Vertrauen setz ich auf ihn, den Weltbestrahlenden, denn eine Ahndung hat er mir in meine Brust gelegt, daß mich ein andrer nicht erringen *darf* als du. Darum erwart ich in dem Tempel dich. Mut, Amphio, die Götter sind uns nah. Vertrau auf ihren Schutz. *(Ab.)*

Amphio *(allein)*. Nun wohl, ich will mein Glück dem letzten Augenblick vertraun, und konnte mich die Phantasie, die *hohe*, täuschen, dann laß mich ziehen aus dir, Welt, in der das Edle trügt und nur Gemeines sich bewährt. *(Ab.)*

NEUNTER AUFTRITT

Verwandlung

Gemach im Palaste der Zauberschwestern. An der Seite ein griechisches Schreibepult, auf einer Stufe stehend. Vipria und Arrogantia treten rasch ein.

Vipria. Wo bleibt der Tropf?

Arrogantia *(sieht durch das Fenster).* Hier kommt er schon.

Vipria. Jetzt bring die Phantasie.
(Arrogantia ab.)

ZEHNTER AUFTRITT

Vipria. Nachtigall.

Nachtigall. Da bin ich schon, ich hab meine Sachen prächtig gemacht. Nun wie schauts jetzt mit den Gedicht aus? machen wirs zusammen gschwind. Ich kanns gar nicht erwarten, die Königin ist schön, da sind Sie nichts dagegen, ich bin in sie verliebt, ich kanns gar nicht erwarten, bis ich König bin.
(Arrogantia zerrt die Phantasie in Ketten herein, die Flügel sind ihr abgeschnitten.)

Arrogantia. Hier bring ich sie, sie hat entwischen wollen, als ich den Käfig öffnete.

Vipria. Wo hast du deine Flügel?

Arrogantia. Ich hab sie ihr beschnitten.

Vipria. Das hast du klug gemacht. *(Höhnisch.)* Wo wolltest du denn hin, du Täubchen du?

Phantasie *(ebenso).* Ich hab zum Geier fliegen wollen, weils bei der Eule mir mißfiel.

Arrogantia. Ich will auf Kundschaft mich begeben, mache mit ihr, was du willst. *(Ab.)*

Vipria *(zu Nachtigall).* Durch diese wirst du das Gedicht hier schreiben, das ist die Phantasie.

Nachtigall. Ah, das freut mich, daß ich die Ehr hab kennenzulernen. *(Heimlich zu Vipria.)* Was ist denn das, die Phantasie?

Vipria. Es ist der Geist, der im Gehirn der Dichter tobt.

Nachtigall. Also die springt den Dichtern im Gehirn herum, da ists kein Wunder, wenns bei ihnen rappelt, drum sagt man, die Dichter sind närrische Köpf.

Vipria. Ich schmied sie dir an diesen Schreibtisch an. *(Sie hängt die Fessel der Phantasie in einen Ring, der an der Seite des Schreibepultes angebracht ist, ein, so daß die Phantasie an der Seite des Tisches gegen die Mitte der Bühne auf der breiten Stufe sitzt, doch ja nicht etwa auf dem Boden.)* Sei stolz darauf, kein Dichter kann sich dessen rühmen, daß sie als Sklavin ihm gedient. Was sie dir vorsagt, zeichne emsig auf. Hermione ist der Name des Gedichts. Den schreibst du oben hin.

Nachtigall. Also ich bin ein Dichter, der nur schreibt, ohne daß er was denkt? Da bin ich nicht der einzige. Und sie ist die, die für die Dichter alle denkt?

Vipria. So ists.

Nachtigall. Das muß a Marter sein. Drum schaut s' so mager aus.

ELFTER AUFTRITT

Vorige. Arrogantia.

Arrogantia *(ängstlich).* Hermione ist auf dem Wege zu den zwei Orakelpriestern, um vor der Wahl noch das Orakel zu befragen, warum die Geistesnacht auf ihren Dichtern ruht. Wenn das geschieht, ist unser Plan vereitelt.

Vipria. Das muß verhindert werden. Komm, wir wandeln diese beiden Priester schnell in Stein und setzen uns an ihre Stelle hin. In der Gestalt des Affriduro frag ich dich, und du sprichst als Stimme des Orakels aus: Apollo habe einem Fremdling seine Gunst geschenkt, den Hermione

wahlen muß. *(Zu Nachtigall.)* Unterdessen bleibst du hier und schreibest dein Gedicht. Doch bevor die Stunde halb verfließt, findst du dich in dem Tempel ein und trägst es mit der Harfe vor. Wenn es auch schlecht ausfällt, das beste ist es doch, wenn es das einzge ist. *(Zur Phantasie.)* Du halte deinen Schwur, begeistre ihn, soviel in deiner Macht es steht. *(Zu Nachtigall.)* Laß sie nicht frei, wenn du dein Leben liebst, und will sie dir nicht dienen, zwinge sie, du bist ihr Herr.
(Beide ab.)

Phantasie *(für sich.)* O Amphio! welch schrecklich Los, ich kann dich nicht erretten.

Nachtigall *(setzt sich an den Tisch).* Jetzt werden wir halt schauen, daß wir was zusammendichten. Das wird ein Arbeit werden. Also: *Hermione*. Und eine rote Tinte haben s' mir hergestellt, das wird ein blutiges Gedicht. Also, gschwind anfangen. Kommt was oder nicht?

Phantasie *(seufzt).* Ach!

Nachtigall. Ach? Ist denn das ein schöner Gedanken, ach? Da wird einem völlig bang dabei. *(Ungeduldig.)* Nu weiter um ein Haus, ich komm nicht von der Stell. Nu? *(Er rüttelt sie.)*

Phantasie. Was willst du Tropf? Die Phantasie muß frei in blauer Luft sich schwingen, nie wird sie dir in Fesseln dienen.

Nachtigall. Was ist das für ein Diskurs[26]? Wo ist denn ein Stock? *(Nimmt einen Thyrsusstab[27] von einer Draperie[28].)* Da liegt er jetzt auf den Tisch, jetzt, wie nicht ordentlich phantasiert wird, wird er woanders aufgelegt.

Phantasie *(lacht verzweiflungsvoll.)* Hahaha!

Nachtigall. Wie dumm als sie lacht.

26 (lat.) Unterhaltung.
27 Mit Efeu oder Weinlaub umwickelter Stab mit einem Pinienzapfen an der Spitze, der zur Ehre des griechischen Gottes Dionysos getragen wurde.
28 (frz.) Stoffdekoration.

Phantasie *(wie wahnsinnig).*

Einst war ein goldnes Vögelein,
Das nannt sich Phantasie.

Nachtigall. Was ist denn das, die phantasiert ja ohne Hitz[29]?

Phantasie *(fährt wild auf).*

Ich duld es nicht.

Nachtigall *(tunkt ein und schreibt schnell).* Nu endlich einmal.

Phantasie.

Ihr Blitze, stürzt herab.

Nachtigall *(schreibt schnell nach.)* Jetzt gehts drauf los.

Phantasie.

Und euren glühenden Kuß –

Nachtigall *(wie oben).* Holla, hast es nicht gsehen.

Phantasie.

Drückt auf die freche Stirn.

Nachtigall. Die freche Stirn. Nicht gar so gschwind, ich komm nicht nach.

Phantasie *(toll).*

Du Flachkopf, schweig.

Nachtigall *(stutzt, ohne zu schreiben).* Was ist das für ein Vers?

Phantasie. Willst du ihn zweimal hören?

Nachtigall. Was die alls zusammdichtet! was hab ich denn da gschrieben? *(Liest das Geschriebene.)* »Ich duld es nicht, Ihr Blützer[30] stürzt herab Und euren glühenden Fuß Drückt auf den frechen Stier – *(Pause.)* Du Schafskopf, schweig.« Was ist denn das für eine Phantasiererei? da phantasier ich ja besser, wenn ich das Nervenfieber hab.

Phantasie. Zu gut für dich, gemeiner Wicht.

Nachtigall. Das Weibsbild halt mich für einen Narren. Die Zeit vergeht, ich bring nichts zsamm. Wann nur die

29 Heißes Blut, Fieber, Zorn.
30 (österr.) Kürbisse.

zwei Schwestern von Prag[31] da waren, die ganze Sach ist schon dumm angestellt, ein andrer hat die Phantasie im Kopf, und ich hab s' bei den Füßen da, wie soll da was herauskommen? Ich krieg schon alle Hitzen. *(Er zieht den Rock aus.)* O Himmel, was ist das für ein Marter um einen Dichter, den nichts einfällt. Du mußt mir helfen, oder ich verzweifle.

Phantasie. Du zwingst mich nicht, du feiger Tropf.

Nachtigall. Das ist eine boshafte Person. Ich bring s' um, ich schneid ihr den Kopf ab und nimm ihr die Gedanken heraus. *(Läuft zu dem Tisch.)* Ich setz mich nochmal nieder. *(Liest den Titel.)* Hermione. Diktier weiter. *(Boshaft in den Tisch trommelnd.)* Hermion. *(Lokal.)* Sie hört mi halt nit an. Ich fahr durch die Luft. Jetzt hab ich hier *(auf die Phantasie zeigend)* eine personifizierte Gedankenfabrik – und ich hab von den ganzen Gedicht noch nichts fertig als das einzige Wort Hermione. Da kann ich doch den Preis nicht kriegen damit. Ich verzweifel.

Phantasie. Hahaha, das freut die Phantasie.

Nachtigall *(wütend)*. Jetzt lacht s' mich aus, ich werd noch wahnsinnig. *(Kniet sich vor ihr nieder.)* Ich beschwöre dich bei allen Sternen, phantasier.

Phantasie *(kniet auch)*. Ich dich bei allen Sonnen, laß mich frei.

Nachtigall. Ich beschwör dich bei allen griechischen und walachischen[32] Dichtern, phantasier.

Phantasie. Ich bau dir eine Welt aus glücklichen Gedanken, laß mich frei.

Nachtigall. Ich kann ja nicht, hab doch Barmherzigkeit. *(Weint.)*

Phantasie *(weint)*. Du unempfindlich Tier.

Nachtigall. Jetzt fangt s' zum Weinen an, jetzt sind wir

31 *Die Schwestern von Prag* (1794), von Joachim Perinet bearbeitetes Singspiel nach einem Stück von Philipp Hafner.

32 Die Walachei ist ein geschichtliches Fürstentum Rumäniens; Rumänien entstand durch dessen Vereinigung mit dem Gebiet Moldau.

alle zwei im Wasser. Wenn s' nur in Versen weinte, um des Himmels willen, die helle Prosa lauft ihr übers G'sicht. *(Ein sanftes Glöcklein läutet in der Ferne.)* Jetzt muß ich fort, jetzt läuten s' siebene, im Apollosaal[33]. Du gfreu dich, wenn ich wiederkomm. O Todesschweiß, du stehst mir an der Stirn! Ich weiß kein anders Mittel. Ich kann ein Lied von der schönen Magellone[34]. Das änder ich um und sing statt Mageroni Hermioni, und wanns nicht gfallt, ich schieß mich tot, ich häng mich auf, ich bring mich viermal nacheinander um, ich Dummkopf ohne aller Phantasie!
(Rennt verzweiflend ab.)

Phantasie *(allein).*

Quodlibet[35]

(Die Musik beginnt, es schlägt Dreiviertel auf sieben. Die Phantasie springt ängstlich auf.)

Ha! was ist das, die Stunde tönt,
Und Amphio ist verloren!
Wenn, Apoll, du mich nicht rettest,
Werd ich noch des Wahnsinns Raub.
(Trauernd.)
Durch den Äther, durch die Lüfte
Schwebt ich leichten Flugs dahin.
Ihr ungetreuen Flügel, nur einen Augenblick
Wünscht ich euch zu besitzen, ihr wärt mein höchstes Glück.

Entsetzlich, entsetzlich!
Wenn Phantasie so weit es bringt,

33 Ein 1808 eröffnetes, großangelegtes Vergnügungsetablissement, dessen kostspielige Ausstattung besonders zur Zeit des Wiener Kongresses allgemeine Bewunderung erregte (vgl. Richard Groner, *Wien wie es war*, Wien 1919, S. 10).
34 Heldin eines der bekanntesten deutschen Volksbücher.
35 (lat.) Was beliebt; Zusammenstellung beliebter Musikstücke, z. T. mit neuem Text, wobei parodistische Bezüge zwischen Original und Quodlibet entstehen, z. B. »Durch den Äther...« zu Webers Melodie aus *Der Freischütz*.

Daß sie ein Quodlibet gar singt.
Doch mir leuchtet am Himmel ein tröstendes Licht,
Ich fleh zu den Göttern, sie täuschen uns nicht.
(Kniet.)
O Jupiter[36], der du mich einst aus deinem Haupt gebarst,
Der du mir stets ein gütger Vater warst,
Kannst du die Tochter hier gefesselt sehn?

Oh, schleudre deinen Blitz und laß mich untergehn!
O Jupiter, o Jupiter, erhöre mich!
(Ein Blitzstrahl fährt herab und zertrümmert ihre Fessel.)
Ha, ich bin frei, hohen Dank euch, ihr Götter,
Ha, wie durchströmt mich dies freudige Sein!
Fort sind von mir jetzt die lästigen Ketten,
Schnell hin zu Amphio, ihn zu befrein.
Amphio, halt! Amphio, halt!
Die Phantasie ist frei!
(Sie wirft einen griechischen Mantel der Zauberschwestern um und eilt ab.)

36 Oberster römischer Gott, mit Zeus gleichgesetzt.

ZWÖLFTER AUFTRITT

Verwandlung

Das Innere des Apollotempels. Der geöffnete Hintergrund bietet die Aussicht auf das Meer. In der Mitte die Statue des Apoll, vor ihr ein Opferaltar, auf dem die Flamme lodert. Im Vordergrunde ein Seitenthron, worauf Hermione sich befindet. Neben ihr Hofleute, ihr gegenüber die Schar der Dichter. Dem Thron gegenüber sitzt auf einem hervorragenden Postamente einer Säule Amphio in verzweifelnder Attitüde. Volk, Vipria, Arrogantia als Opferpriester verkleidet, Mehrere Priester des Apoll.

Alle Dichter.

Chor (der eben endet.)

Vergebens winkt des Preises Glück,
Die Phantasie kehrt nicht zurück,
Und beschämt gestehen wir
Unsre Geistesohnmacht hier.

Vipria *(im Tone des Affriduro).* Verhüll dein Antlitz, hohe Muse! Hermione, hör das Unerhörte an! Alle Dichter deines Landes erklären laut, daß sie nicht fähig waren, ein Gedicht zu deinem Lob zu schreiben, und selbst Apollos hehrer Anblick kann sie nicht dazu begeistern.

Hermione. Sind das die Weisen meines Landes, die gelehrten Männer?

Ein Dichter. Verzeih, o Königin, Gelehrsamkeit allein verfasset kein Gedicht. Wissen ist ein goldener Schatz, der auf festem Grunde ruht, doch in das Reich der holden Lieder trägt uns nur der Phönix Phantasie.

Hermione *(sieht auf Amphio).* So lebt auf Flora keiner mehr, der Hermionens Ehre retten kann?

Amphio. Hörst du es, Nemesis[37]?

37 Griechische Göttin der Rache, Vergeltung.

Narr. In einem Lobgedicht gewinn ich keinen Preis, ich bin zum Schimpfen auf die Welt gekommen.

Hermione *(steht auf)*. So hebt die Feier auf!

Arrogantia. Halt ein, noch tönt' die siebente Stunde nicht. Du kennest des Orakels Spruch, ein Fremdling wird es sein.

Hermione. Auch das Orakel ist bezaubert.

Vipria. Lästre nicht. *(Für sich.)* Wo bleibet der Verräter nur?

Nachtigall *(von innen)*. He, he, halt ein, ein Gedicht, ein Gedicht! *(Stürzt atemlos herein.)* Halt ein, ein Gedicht und auch ein Dichter, alle zwei sind da.

Alle. Was ist das?

Vipria. Wie, du hast ein Gedicht?

Nachtigall. Ein schreckliches Gedicht.

Narr. Mich trifft der Nervenschlag.

Alle. So lies es vor.

Distichon. Ja, lies.

Nachtigall. Das kann ich nicht, das hab ich nicht gelernt. Ich sings, weil ich ein Sänger bin aus Eng- und Schottenland. Mein ist der Preis. Merkt auf.

Narr. Das wird was Schönes werden.

Nachtigall *(stellt sich in die Mitte, spielt mit der Harfe und singt)*.

Liebe Leutchen, kommt zu mir,
Will euch etwas singen,
Ich will Hermionen hier
Schnell ein Loblied bringen.
Jeder, der sie nur erblickt,
Liegt in Liebesbanden,
Selbst der Weise wird berückt,
Habt ihr mich verstanden?

Chor.

Wie gemein, wie gemein,
Was sind das für Verse?

Nachtigall.

Zeigt sie sich im Blumenreich,

Atmet alles Wonne,
Alle Blümchen rufen gleich:
Servus, Hermione.
Wandelt s' auch in finstrer Nacht
Ganz ohne Laterne,
Ihre Äuglein voller Pracht
Leuchten wie zwei Sterne.

Chor.
Hahaha! Hahaha!
Das ist nur zum Lachen.

Nachtigall.
Und der lieben Vöglein Zahl
Ist ihr recht gewogen,
Auch ein alte Nachtigall
Kommt herbeigeflogen.
Kurz, ihr holder Nam erschallt
Laut in jeder Zone,
Selbst die Bären in den Wald
Brummen Hermione.

Chor.
Hört den Wicht, solch Gedicht
Wagt er hier zu singen.

Nachtigall.
Alle Tiere sind auf Ehr
Für sie eingenommen,
Endlich komm auch ich daher
Voller Lieb geschwommen,
Führ sie schnell zum Brautaltar,
Sie glänzt wie die Sonne,
Und ich bin vor Freud ein Narr.
Vivat Hermione!

Chor.
Ha, zu viel! Ha, zu viel!
Straft den frechen Buben.

Hermione. Bin ich zum Spotte dieses Narren hier geworden? Soll ein Gedicht das sein?

Distichon. Das heißt Apoll gelästert, schleppt zum Tempel ihn hinaus.
Alle. Hinaus mit ihm!
Vipria. Halt ein. Erfüllen mußt du, Hermione, deinen Schwur. Er hat das beste dir gebracht, er werde dein Gemahl.
Hermione. Unmöglich, nein!
Alle. Verräterei, zu schlecht ist sein Gedicht.
Vipria. Wer spricht ein besseres hier? Ich fordere nochmal auf.
Amphio *(leise)*. Wehe mir, ich vermag es nicht.
(Allgemeines Schweigen.)
Vipria. Dies Schweigen spricht dein Urteil aus. *(Arrogantia winkt, es donnert.)* Und Apoll bestätigt es.
Nachtigall. Jetzt donnerts gar wegen mir.
Vipria. Wagt ihrs zu widersprechen?
Alle *(langsam)*. Nein, er werde ihr Gemahl.
Amphio. Entsetzliches Geschick!
Narr. Je dummer der Mensch, je größer sein Glück.
Hermione. So ist denn keine Rettung mehr?
Nachtigall *(trippelt kindisch)*. Ich werd König, ich werd König!
(Die Phantasie tritt ein, im Mantel gehüllt, ergreifet Amphios Hand.)
Phantasie *(leise ihm ins Ohr)*. Amphio, die Phantasie ist frei, nur dich begeistert sie.
Amphio *(springt auf, plötzlich inspiriert)*. Halt ein, ich rett des Tempels Ehre hier, wage ein Gedicht. Zu kostbar ist der Preis, ich entreiß ihn dir.
Alle. Apoll, wir preisen dich.
Amphio.

Die Nacht zieht fort ins ewig finstre Heimatsland,
Die Welt umkränzt ihr Haupt mit Phöbus'[38] Strahlenband,
Und wie Auror die Erd in Purpur hüllt,

38 Beiname Apollos, ›der Leuchtende‹, steht auch für die Sonne.

Entdeckt sie einen Jüngling gramerfüllt.
Ein Königssohn ists, der die Nacht durchweint
Und seines Auges Tau mit dem des Morgens eint.
Aurora grüßt ihn sanft und strahlt ihm Trost ins Herz,
Da fleht er zum Apoll, gibt Worte seinem Schmerz.

Im Wunderland, das meines Vaters Reich begrenzt,
Wo die Natur im tausendfarbgen Schmuck erglänzt,
Thront meiner heißen Liebe Königin.
Mit zartem Reiz vereint sie hohen Sinn,
Es haben sich die anmutsvollen Musen
Zum Sitz erkoren ihren holden Busen.
Und wie sich Daphne[39] einst dem Dichtergott entwand
So reichet sie nur einem Dichter ihre Hand.

Darum, Apoll, magst du nur schnell die Muse senden,
Soll Amors bittre Qual nicht bald mein Leben enden.
So jammert er und fluchet seinem Leben,
Da faßt sein Herz ein namenloses Beben,
Mit seinem Schmerz fühlt er die Freude ringen,
In Wolken hört er Harmonien klingen,
Es schwebt die Phantasie auf Rosennebel nieder
Und schwingt im Morgenstrahl ihr glänzendes Gefieder.

Mich hat Apoll gesandt, ihn rühren deine Leiden,
Vertauschen wirst du sie mit Hymens Götterfreuden.
So spricht die Phantasie, ergreifet seine Hand
Und schwebt mit ihm nach Hermionens Land.
Zwei kühne Aar durchsteuern sie die Lüfte
Und rauschen nieder in dem Reich der Düfte.
Dort wandelt sich der Prinz zum stillen Hirten um
Und sucht durch Poesie zu gründen seinen Ruhm.

Ihn sieht die Königin, er weiht ihr sein Gedicht.
Da faßt sie ein Gefühl, ihr Herz erklärt sichs nicht.

39 Tochter des Sehers Teiresias, war wegen ihrer Dichtungen berühmt und eine Zeitlang Gefangene Apollos.

Es kämpft ihr Stolz, sie will den Kühnen hassen.
Doch Eros[40] spricht: Du darfst ihn nimmer lassen.
Ein Preisgedicht läßt sie im Land verkünden,
Nur mit dem Sieger will sie sich verbinden.

So wie der Fels im Meer trotzt sturmbewegten Wellen,
Will des Geliebten Geist auf gleiche Prob sie stellen.
Schon harrt das Volk, da kommt der Hirt heran,
Trägt Wahrheit vor, nicht, was die Dichtung sann.
Dann tritt er auf und fordert seinen Lohn,
Die Hand der Königin und Florens Thron.
Wagt kühn den Kauf und schließt mit ihm den Herrscherbund,
Denn wißt, ich bin der Sohn des Königs von Athunt!

Alle *(freudig).* Heil dem Sohn des Königs von Athunt! Es lebe unser neuer Herrscher!

Zauberschwestern. Verdammt!

Distichon. Das Gedicht hat eine Menge Fehler.

Hermione *(in Amphios Arme stürzend).* O Amphio – mein Prinz, oh, nehmt mein Herz, mein Reich und meinen ewgen Dank.

Nachtigall. Jetzt steh ich frisch.[41]

Amphio *(stürzt zu den Füßen der Phantasie).* Nur ihr gebühret unser Dank.

Alle. Wer ist das?

Phantasie *(wirft den Mantel ab).* Ich bin die holde Phantasie, die euch nicht retten konnte, bis mich Jupiter befreit, weil ich gefangen in den Händen eurer Zauberschwestern war.

(Vipria und Arrogantia verwandeln sich schnell in ihre wahren Gestalten.)

Arrogantia. Ihr triumphiert zu früh.

Vipria. Noch atmet Vipria und ihre Zauberwut. Dem Tod send ich als Braut dich zu. So stürz denn dieser Tempel

40 Griechischer Gott der Liebe.
41 Jetzt bin ich in großer Verlegenheit.

ein, und unter seinem Schutt begrab dich ewge Hochzeitnacht. *(Winkt mit dem Zauberstern.)*

Alles. Weh uns!

(Es wird Nacht, zwischen dem Tempel und dem Meer sinken finstre Wolkenschleier ein, Donner und Blitz. Die Statue des Apoll samt dem Opferaltar versinkt.)

Vipria. Warum trotzen diese Hallen, wer verhindert ihren Sturz?

(Heftiger Donnerschlag. Die Bühne wird licht, der Nebel verrinnt zu beiden Seiten, man hat die vorige Aussicht auf das Meer. Apoll mit den Sonnenrossen will soeben in den Schoß der Thetis[42] *sinken. Der Sonnenwagen gleitet noch auf der Oberfläche des Meeres.)*

Apollo. Wer wagt es, meinen Tempel zu zerstören?

Alles. Apoll!

Zauberschwestern. Weh uns, er selbst.

(Apoll steigt aus und tritt vor. Die Phantasie sinkt zu seinen Füßen.)

Phantasie. Um Schutz fleht dich die Phantasie für deine Insel an, zwei Zauberinnen rasen hier, gefangen nahm man mich.

Apollo. Wer hats gewagt, die Phantasie zu fesseln?

Phantasie. Diese hier.

Apollo. Der Orkus strafe sie dafür.

(Zauberschwestern versinken.)

Narr. Jetzt haben sies überstanden.

Apollo *(zu Hermione)*. Ich war es selbst, der Amphio dir bestimmt. Das Orakel ist erfüllt, dein Land hat einen Herrscher aus dem Hause von Athunt. Von mir gesendet war die Phantasie.

Alle. Heil Dir, Apoll!

Apollo. Mein Tempel ist entweiht, baut einen neuen auf und weihet ihn der Phantasie. Sie wird vereint mit mir in Zukunft eure Insel hier beschützen, die auch von heute an die Dichterinsel heißt.

42 Griechische Meeresgöttin, Schoß der Thetis: Meer.

Nachtigall. Den Namen kriegt s' nicht wegen mir.

Narr. Ich such mir jetzt ein Land, wo lauter Narren sind.

Nachtigall. Und ich schau, daß ich eine Nachtigalleninsel find.

Apollo. Wer ist der Fremdling hier?

Nachtigall. Jetzt kommt er über mich. Das wird a schöne Wäsch.

Distichon. Aus England ein Minstrel.

Nachtigall *(kniet nieder)*. Und Harfenist aus Wien. Die Rabenschwestern haben mich entführt.

Hermione. Ich nehme dich zum zweiten Narren auf.

Nachtigall. Ich küß die Hand.

Narr. Den Kerl bring ich um.

Nachtigall. Ich bin der singende und das der redende, ich hoff, daß man mit beiden wird zufrieden sein.

Apollo *(zur Phantasie)*. Die bunten Flügel hat man dir geraubt, dich werden künftig goldne zieren. Zu Amphios Vater sei dein erster Flug, bericht des Sohnes Glück dem König von Athunt.

Phantasie *(tritt vor)*.

Ein Schlußwort spricht die Phantasie.
Oh, lohnt mit Nachsicht ihre Müh,
Wenn sie auch Kleines nur gebar,
So denkt, daß sie gefesselt war.

Apollo.

Die Götter wachen über euer Los,
Mir winkt die Nacht, ich sink in Thetis' Schoß.

(Er geht zurück, steigt in den Sonnenwagen, mit welchem er langsam untersinkt. Eine allgemeine Abendröte verbreitet sich über die ganze Bühne. Die Meereswellen erglänzen mit roter Folio[43]*, und der Chor dauert so lange, bis Phöbus ganz im Meere ist. Am Himmel glänzt der Abendstern.)*

43 Metallene Glanzplättchen.

Chor.
Sink hinab, Du heißer Tag,
Und vergolde Dir Dein Grab.
Doch zum schöner'n Lebenslauf
Strahle morgen neu herauf.

Ende

Textvarianten

Nachtigalls Lied
(Auftrittslied)

1. Aufzug, 15. Auftritt, S. 34.

Text in Raimunds Konzept.

(Statt Strophe 2, Z. 5–8.)

So singt er sich durchs Lebensjoch,
Und wird er einst kaput,
So sagn die werten Gäste noch:
Er war ein Haupt-Adut.

Bierhausszene

1. Aufzug, 15. Auftritt, S. 35 f.

Ursprünglicher Text in Raimunds Konzept

Erste Fassung

Alle Gäste. Anfangen einmal. He!
Nachtigall. Angfangt wird. Hi!
(Nachtigall spielt einige Takte und singt.)
Was macht denn der Prater, sag, blüht er recht schön?
Bürschel, magst nit auf den Kirichtag gehn?
Ein lustiger Bu, der zreißt oft ein Paar Schuh,
Und ein trauriger Narr, der braucht selten ein Paar.
Dudeldide.
Fremder *(lacht auf)*. Nicht zum Anhören. Kellner, zahlen.

Zweite Fassung

Fiaker *(mit der Peitsche)*. Anfangen einmal und a bißl was Neues singen.
Nachtigall. Allemal. *(Singt und spielt Harfe.)*

Quodlibet

Jetzt wollen wir etwas Neues singen.
Wenn die Lieserl nur wollt und die Lieserl nur –

Lale. O Jegas!

Nachtigall *(spricht).* Jetzt ist das auch wieder nicht recht.
Ach, das G'frieserl von der Lieserl
Ist so mollig.
Madel, wannst willst, kannst mit am Kirchtag gehn.
Das ist mein Leyrer und ich sein Tanzer,
Er ist ein halbeter Narr und ich ein ganzer.

Fremder *(lacht auf).* Das ist nicht zum Anhören. Kellner, zahlen.

Nachtigalls Lied

1. Aufzug, 15. Auftritt, S. 35 f.

Am 23. Mai 1828 zum erstenmal gesungen im Theater in der Leopoldstadt.

Nach dem Zensurexemplar

He Brüder, wollt's recht lustig sein,
Es kost euch nicht viel Geld,
Da spannts nur eure Rappeln ein
Und fahrts ins Lerchenfeld.
Da ist ein neues Wirtshaus drauß,
Das heißt beim goldnen Affen,
Da schaut der Wirt beim Fenster 'raus
Und fragt uns, was wir schaffen?

Die Wirtin hat gar feinen Sinn
Und heißt die schöne Franzel,
Geboren ist sie in Berlin,
Erzogen ist s' beim Schanzel;
Der Wirt ist gar ein flinker Mann,
Bedient die Gäst gar schleuni,
Schafft einer was um siebn Uhr an,
So bringt ers erst um Neuni.

Der Wirt, der halt aufs Wasser viel,
Er sagt, das macht recht munter,
Und weil ein jeder Bier habn will,
So schütt er gschwind eins drunter.

Die Semmeln sind schon der Müh wert,
Besonders gute Wecken,
Doch wenn ein Gast ein Wein begehrt,
So holn s' ihn erst beim Becken.

Die Kost, die ist schon gar subtil,
Besonders d' Savalati,
Und wenn ein Gast ein Bratel will,
So kriegt er bloß ein Rati.
Ein Extrazimmer haben s' a schöns,
Das braucht der Wirt alleini,
Da futtern s' Hendeln und die Gäns,
Kein Gast darf gar nicht eini.

Auch stellt ein Harfenist sich ein,
Der singt die schönsten Lieder,
Und kommt ein schöne Köchin 'rein,
Schlägt er sie auf das Mieder.
Und setzt es eine Rauferei,
Die Leut habn z'viel Courage,
Da singt der Harfenist halt glei:
Ah, das ist a Bagage.

Drauf spielt er aus ein andern Ton,
Gar à la Paganini,
Jetzt geht erst der Spektakel an,
Die Gäst schrein glei unsinni.
Um zwölf Uhr, da heißts umgesteckt,
Und alles muß nach Haus,
Da kommt der Kellner voll Respekt
und wirft die Gäst hinaus.

Tischlerlied.

Am 28. Oktober 1830 zum erstenmal gesungen im Theater an der Wien.

Nach Holzapfels »Theater-Geschenk«

Ich bin ein armer Tischlergsell,
Hab Tag und Nacht kein Ruh,
Der Meister geht nicht von der Stell,
Ich arbeit fleißig zu.
Nur alle Sonntag geh ich aus,
Da ist mir was passiert,
Da hat vorm Kärntnertor sich drauß
A Köchin attachiert.

Sie sagt, wie ich s' beim Stand sieh stehn:
»Gutn Morgen, Mussie Hansel.«
Ich sag zu ihr: »Was kaufen S' denn?«
Sagt sie: »Ich kauf a Gansel.«
»A Gansel kaufen S'? O scharmant!
Das sieht ja aus wie gmaln!«
»Na, führen S' mich Nachmittag aufs Land,
So können S' mir eins zahln.«

Aha, denk ich, die möcht zum Tanz,
Und war etwas frappiert,
Ich schau bald *sie* an, bald die Gans,
Dann frag ich s', wo s' logiert.
»Beim Winterfenster heißt das Haus,
Ein Kind kann Ihnens nennen,
Und rückwärts schaut ein Aff heraus,
Sie werdn sich gleich erkennen.«

»Gut, Köchin«, sag ich, »'s bleibt dabei,
Ich führ Sie heut noch aus,
Erwarten S' mich um halber drei,
Ich lauf nur gschwind nach Haus.«
Z' Haus zieh ich mein Kaputrock an
Und mein manchestne Hosen,
Mein Ulmerkopf mit Quasteln dran
Und auf der Brust a Rosen.

Drauf schau ich in mein Kassa 'nein,
Ich hab nicht viel zu eigen,
Drum steck ich nur zwei Gulden ein,
Und siebne nimm ich z' leichen.
Ich hol s', da hat sie sich just gschminkt,
Ich frag s': »Wo fahrn mir 'naus?«
Da sagt s', indem sie zärtlich winkt:
»Oh, führn S' mich doch zum Strauß!«

»Zum Strauß«, sag ich, »das kost nicht viel,
Da fahrn wir auf Schönbrunn,
Da sieht man Straußen, wenn man will,
Allein was tun wir nun?«
Da lacht sie schrecklich über mi
Und sagt: »Sein S' nicht so dumm,
Der Strauß spielt ja im Tivoli,
Das bringt ein völlig um.

Der Strauß ist gar ein gschickter Mann,
Der alles unterhalt
Und der in Wien hier jedermann
Mit seinen Tänzen gfallt.«
Ich nimm 'n Wagn, wir steigen ein,
Der Fiaker schreit: Hi!
Er haut in seine Rössel ein,
Wir fahrn nach Tivoli.

Das ist a Garten nach der Mod,
Vor Freuden war ich bsessen,
Der Strauß hat geigent wie a Gott,
Und d' Leut habn schrecklich gessen,
Wir sehn 'n Wagen, und der war leer,
Ein nagelneue Kutschen,
Da sagt sie zu mir: »Lieber cher,
Der Wagen ghört zum Rutschen.«

Wir sitzen ein, das war ein Graus!
Sie schreit: »Mir wird nicht gut!«
Aus Furcht bleibt ihr der Atem aus,
Und ich verlier den Hut.

Wie s' aussteigt, weint s' als wie ein Kind,
Mein Angst wird immer größer,
Ich zahl a Halbe Ofner gschwind,
Drauf wird ihr etwas besser.

Ich führ s' nach Haus aufn Zeiselwagn
Und hab nur mehr zwei Groschen,
Die Schand, was wird der Kutscher sagn,
Die Kerln habn ka Goschen!
Ich küß ihr d' Hand, es war a Pracht,
Wie kann ein Kuß doch laben!
Auf einmal hör ich, daß was kracht,
Und alles liegt im Graben.

Heut sein wir im Malheur schon drin,
Voll Schmutz sein alle Kleider,
Den Hut verlorn, die Pfeifen hin,
Sie flucht als wie ein Reiter.
Ich zieh s' heraus, will zärtlich sein
Und lispel: »Liebe Rösel!« –
Da schlagt s' mich fast ins Gesicht hinein
Und sagt: »Marschieren S', Sie Esel!«

Beim Haustor endlich küßt s' mich noch
Und sagt: »Mir wars ein Ehr!«
Ich denk mir, geh zum Teufel doch,
Du siehst mich nimmermehr! –
So renn ich voller Gall nach Haus,
Bin giftig über mi,
Kein Köchin führ ich nimmer aus,
Verflixtes Tivoli!

Eigenhändige Varianten in der Bühnenabschrift für München
(Zu Strophe 11, Z. 5–8.)

Ich zieh s' heraus, will zärtlich sein
Und lispel: »Lieber Engel!« –
Da springt s' mir fast ins Gsicht hinein
Und heißt mich einen Bengel.

(Zu Strophe 12, Z. 5–8.)

So renn ich voller Gall nach Haus,
Das war mal à propos,
Mich bringt kein Teuxel mehr hinaus,
Verflixtes Hesselloh.

Zusatzstrophe in einer Bühnenabschrift
(Nach Strophe 8.)

Wie sitzen d' Leut so lustig drin,
Und niemand kann was gschehen,
Das fahrt als wie der Blitz dahin,
Es ist a Freud zu sehen.

Vipria.

2. Aufzug, 2. Auftritt, S. 45.

Variante in Raimunds Konzept

Manch trübes Herz erfreutest du durch deiner Harfe Ton. Bring heut ein fröhliches durch ihren Klang zum Schmerz. Erring den Preis, du Sänger Albions, – und bohr dadurch den Rachepfeil in Hermionens Brust.

Nachtigalls Arie

2. Aufzug, 2. Auftritt, S. 46 f.

Text in Raimunds Konzept.
(Statt Strophe 3, Z. 3–4.)

Und Zufälle, die durch einen Dritten entstehn,
Die machen nur selten uns froh.

Am 28. Oktober 1830 zum erstenmal vorgetragen im Theater an der Wien.

Nach dem Zensurexemplar

Ich will sehen, wie sich das Glück aufführt. A dato bin ich nicht zufrieden damit. Nur 's Bier reißt mich heraus, und das ist ein Beweis, daß Hopfen und Malz noch nicht verloren an mir ist. Aber sonst geht mir allerhand ab.

Lied

Daß 's Glück mit mir abscheulich ist,
Weiß ich nicht erst seit heut,
's tut grad, als ghört ein Harfenist
Fast gar nicht unter d' Leut.
Das Heiraten nutzt auch nicht viel,
Das Alter ist nicht weit,
Wenn ich a Mädel küssen will,
So sagt s': sie hat ka Zeit.

Auch machts mir oft sehr viele Qual,
Daß ich ka Stimm nicht hab;
Was nutzts mich, ich heiß Nachtigall
Und sing als wie a Rab.
Mein Aug, das ist a wahre Plag,
Ist 's schlechtste auf der Welt,
Denn schau ich noch so tief in Sack,
Ich seh halt nie a Geld.

Mir ist auch um die Ohren bang,
Es ist ka kleine Sach,
Mir scheint, sie sind etwas zu lang
Und 's Trommelfell zu schwach;
Denn fragt mich einer: »Lump, wie stehts,
Bist du zu zahln kapabel?«
Versteh ich immer: »Freund, wie gehts?«
Und sag: »Ich dank, passabel.«

Im Spiel wird 's Unglück mir schon z'viel,
Jetzt könnts mich bald verschonen,
Nur wenn ich um den Beifall spiel,
Hab ich schon manchmal gwonnen.
Drum werd die Frau Fortun durch mich
Nicht länger persifliert,
Denn laßt das Glück mich heut im Stich,
So bin ich ganz ruiniert. *(Ab.)*

Repetition

Wie schön klingt doch des Beifalls Schall,
Mein Glück ist unermessen,
Ich sehs, der alte Nachtigall
Ist doch nicht ganz vergessen.
Ich hab in ein mir werten Haus
Nicht nur mein Glück gefunden,
Es ist auch an der Wien nicht aus,
Mir winken frohe Stunden.

Doch nun muß ich zur Königin,
Gequält von Liebesschmerzen,
Das macht, daß ich verlegen bin,
Jetzt brauchet ich zwei Herzen.
Mein Herz ist Ihnen nur beschert
So wie mein ganzes Leben,
Und wenn sie nun mein Herz begehrt,
So kann ich ihrs nicht geben.

Doch weiß ich schon, was ich beginn,
Ich gräm mich nicht zu Tode,
Ich schließ mit meiner Königin
Ein Ehband nach der Mode.
Ich kümmre mich um sie nicht viel,
Laß sie mit andern scherzen,
So tut ein jedes, was es will,
Da braucht man keine Herzen.

Eigenhändige Varianten in der Bühnenabschrift für München
(Zu Strophe 5, Z. 5–8.)

Ich hab in München nicht Applaus
Das erste Mal nur gfunden,
Es ist auch 's zweite Mal nicht aus,
Mir winken frohe Stunden.

(Zu Strophe 6, Z. 5–6.)

Den Gönnern ist mein Herz verehrt
So wie mein ganzes Streben.

Narr.

2. Aufzug, 4. Auftritt, S. 48.

Text in Raimunds Konzept

Ich trommle ihn dir aus, dein Geist ist ein verlorner Schlüssel, dir geht er ab, und andern nützt er nichts.

Nachtigalls Arie

2. Aufzug, 7. Auftritt, S. 50f.

Eigenhändige Variante. Nach einer Einzelhandschrift

Serviteur, Serviteur,
Ist Ihnen allerseits ein Ehr.

Ich bin ein fremder Dichtersmann,
Sieht's jeder Narr mir an,
Und schwimm von England übers Meer
Als goldner Fisch daher.
Apoll ist mein Vetter,
Im Himmel sprech ich zu,
Und mit die andern Götter
Bin ich gar du und du.

Ich bin hieher gekommen,
Weil, wer 's Preisgedicht ersinnt,
So hab ich es vernommen,
Auch sogleich die Braut gewinnt.
Drum lach ich mir voll den Buckel,
Der Sieg, ich wett, ist mein,
Ich stiehl Fortunens Kugel,
Scheib als Dichter alle Neun.

Phantasie.

2. Aufzug, 11. Auftritt, S. 58.

Text in Raimunds Konzept

Was willst du Tropf? Die Phantasie muß frei sein, wenn sie dichten soll, nie wird sie dir in Fesseln dienen.

Phantasie.

Statt des *Quodlibets* 2. Aufzug, 11. Auftritt, S. 61 f.

Nach einer Bühnenabschrift

(Melodram.)

Weh mir! die Stunde naht, und Amphio ist verloren!
Oh, beschütze mich, Apoll!
(Verzweiflungsvoll.)
Denn es wagt der Wahnsinn sich an ein göttliches Gehirn!
(Rührend klagend, unter Musik.)
Ew'ge Heimat, Götterschloß,
Kühner Bau auf goldnen Wolken,
Nimmer werd ich dich erschauen!
Aus den diamantnen Toren
Schwebte ich im Morgenglanz,
Badete im Himmelstau!
Scheidend lächelten die Sterne,
Und des Sonnengottes Gruß
Streute Gold auf mein Gefieder!
(Rasend.)
Und nun ist es mir geraubt,
Ist den Winden preisgegeben,
Und mich hält die freche Erde
Hier an goldnen Ketten fest.
(Freudig.)
Doch noch blinkt der Hoffnung gigantischer Anker,
Begehrend umklammert die Menschheit ihn fest,
Ich will ihn erfassen in heißem Gebet.
(Kniet, feierlich.)
O Jupiter, der du mich einst aus deinem Haupt gebarst,
Der du mir stets ein gütiger Vater warst,
Kannst du die Tochter hier gefesselt sehn?
Oh, schleudre deinen Blitz und laß mich untergehn!
O Jupiter! O Jupiter! erhöre mich!
(Ein Blitzstrahl zertrümmert ihre Fesseln, in höchster Begeisterung.)
Ha, nun bin ich frei, ihr unendlichen Götter,
Bin frei durch den Blitz des allmächtigen Zeus!
Strömt aus, ihr Gedanken, wie Wogen des Meeres
Und brechet die Schranken der geistigen Nacht!

Mein ist die Welt, ich verbarg sie im Haupte,
Schnell hin zu Amphio, ihn zu befreien!
Amphio! Sieg! Amphio! Sieg!
Die Phantasie ist frei, die Phantasie ist frei!
(Eilt rasch und freudetrunken ab.)

Ferdinand Raimunds Selbstbiographie

Ich bin der Sohn eines Kunstdrechslers in Wien und wurde im Jahre 1791 [richtig: 1790] geboren. Die Neigung zur Schauspielkunst, durch den Besuch des k. k. Hofburgtheaters geweckt, erwachte schon sehr früh und mit solcher Heftigkeit in mir, daß ich schon als Knabe beschloß, nie einen andern Stand zu wählen; doch war mein Sinn vorzugsweise dem Trauerspiele zugewandt, das Lustspiel begeisterte mich weniger, die Posse war mir gleichgiltig. Als ich kaum fünfzehn Jahre alt war, entriß mir der Tod meine Eltern, und meine unbemittelte Schwester, welche mich zu sich nahm, konnte nicht fortsetzen, was jene für meine Bildung begonnen hatten. Man wollte mich zwingen, einen andern Stand zu wählen, als den eines Künstlers, aber ich konnte von meinen romantischen Träumen nicht lassen, und wollte lieber hungern, als meinem Entschlusse entsagen; ein Schicksal, welches mir im Anfange meiner Laufbahn reichlich zuteil geworden ist. Ich machte nun durch einige Jahre vergebliche Versuche, an eine der Wiener Bühnen zu gelangen, bis mich endlich, da alle andern Hoffnungen scheiterten, ein herumziehender Direktor mit nach Ungarn nahm. Doch diese Art von Kunstleben kontrastierte so sehr mit dem Ideale, das in meinem Innern lebte, daß es beinahe meinen Entschluß zum Wanken gebracht hätte, wenn mich nicht ein glücklicher Zufall in das Engagement des sehr rechtlichen Direktors *Kunz* gebracht hätte, wo ich durch vier Jahre das Fach der Intrigants und komischen Alten begleitete. Im Jahre 1813 erhielt ich einen Ruf an das *Theater in der Josephstadt* in Wien, dem ich auch folgte, und in den Rollen des Franz Moor und Pachters Feldkümmel debutierte. Hier mußte ich mich hauptsächlich dem Lokalfache widmen, und die erste Rolle, in welcher ich das Glück hatte, die allgemeine Aufmerksamkeit des Wiener Publikums zu erregen, war der eifersüchtige Musikant Adam Kratzerl, in einer Lokalposse von *Gleich*, von welcher fünf Teile geschrieben wurden. Im Jahre 1817 wurde ich endlich bei dem *Theater in der Leopoldstadt* angestellt. 1820 verheiratete ich mich mit der Schauspielerin Louise *Gleich*. Eine nicht glückliche Ehe, der eine baldige Trennung folgte. Im Jahre 1823 machte ich als Autor den ersten Versuch mit der Bearbeitung des Märchens: »die Prinzessin mit der langen Nase«; ich nannte es: »der Barometermacher auf der Zauberinsel«. Der glückliche Erfolg dieser Zauberposse munterte mich auf, einen zweiten zu wagen, ich suchte aber die Ursache des Gefallens in dem glücklich gewählten Kindermärchen, welches sich so sehr zur dramatischen Bearbeitung eignet, und war um einen ähnlichen Stoff verlegen. Ich durchlas die Märchen der »Tausend und einen Nacht« (denn *Gozzis* Werke sind mir erst seit drei Jahren bekannt), und unter allen schien mir nur das mit der rosenroten Statue zur Bearbeitung geeignet, obwohl der Stoff sehr einfach war. Nun sollte aber damals in dem Theater der Leopoldstadt in solchen Stücken kein ernstes Liebesverhältnis mehr stattfinden, weil man in jeder Szene lachen wollte, und der Geschmack des Publikums war in dieser Hinsicht zu fürchten. Ich wollte aber meinem Märchen seine kindliche moralische Bedeutung nicht rauben, daher bemühte ich mich, es so viel als möglich mit komischen Szenen zu durchflechten. Als dieses Stück so glücklichen Erfolg hatte, wie es ihn gewiß nicht verdient hat, wurde ich schon kühner und erfand mir selbst einen Stoff, und so entstand der »Bauer als Millionär«, in dem sich viele läppische Kleinigkeiten befinden, welche ich nur angebracht habe, weil ich fürchtete, das Publikum möchte ihn zu ernsthaft finden. Durch die fortwährend geistige und physische Anstrengung und Kränkungen im Leben, verfiel ich im Jahre 1824 in eine bedeutende Nervenkrankheit, welche mich der Auszehrung nahebrachte und fünf Monate von der Bühne entfernt hielt. Ich wurde durch homöopathische Kurart ganz hergestellt, und danke diese Rettung meinem Freunde, dem Doktor *Lichtenfels*. Das Publikum nahm den gütigsten Anteil an meiner Krankheit, und nachdem ich die Bühne wieder betreten hatte, beehrten mich mehrere Gönner mit einer Gedächtnismünze, welche sie mir nebst einem Schreiben zum Andenken überschickten. Diese Krankheit verzögerte die Aufführung des »Bauers als Millionär« um ein ganzes Jahr. Bei seinem Erscheinen hatte er das Glück, so sehr zu gefallen, daß mich meine Neider gar nicht als den Verfasser wollten gelten lassen. Da ich nun in dieser Hinsicht mit der gewissenhaftesten Strenge verfuhr, ja selbst bei Verfassung vieler Lieder gleich die Melodien mit hinschrieb, so kränkte und ärgerte mich diese Ungerechtigkeit so sehr, daß sie mich auf die Idee der »gefesselten Phantasie« brachte, durch welche ich beweisen wollte, daß man auch, ohne ein Gelehrter zu sein, ein unschuldiges Gedicht ersinnen könne. Dieses Stück wurde zwar belobt, konnte sich aber keines solchen Zulaufs erfreuen, wie die früheren. Was ich schon früher befürchtete, traf hier ein. Es war dem Publikum nicht komisch genug und die Idee nicht populär. Diesem folgte ein tragisches Original-Märchen »Moisasurs Zauberfluch«, welches noch ernster war, aber einen größern Zulauf hatte, weil ich die Vorsicht gebrauchte, es in dem *Theater an der Wien* aufführen zu lassen, wo man den Ernst gelten ließ. Im Jahre 1828 übernahm ich die technische Leitung des Leopoldstädter Theaters, nach der ich aber niemals strebte, weil mir nur um die Ehre des Theaters, nicht um einen Titel zu tun war, wozu die frühere beinahe unumschränkte Regie genug Gelegenheit bot. In dieser Zeit schrieb ich den »Alpenkönig« und die »unheilbringende Krone«. Als im Jahre 1830 mein Kontrakt, der zehn Jahre gedauert hatte, zu Ende ging, begab ich mich auf Gastrollen nach Berlin, Hamburg und München. [Bricht hier ab. Gestorben 1836 (Selbstmord).]

Ferdinand Raimund: Sämtliche Werke. Historisch-kritische Ausgabe. Hrsg. von Fritz Brukner und Eduard Castle. Bd. 5,2. Wien 1925. S. 722–726.

Literaturhinweise

Bauer, Roger: La réalité, royaume de Dieu. Etudes sur l'originalité du théâtre viennois dans la première moitié du 19ème siècle. München 1965.

Cysarz, Herbert: Raimund und die Metaphysik des Wiener Theaters. In: H. C.: Welträtsel im Wort. Studien zur europäischen Dichtung und Philosophie. Wien 1948. (Nachdr. New York / London 1970.) S. 216–245.

Erken, Günther: Ferdinand Raimund. In: Deutsche Dichter des 19. Jahrhunderts. Hrsg. von Benno von Wiese. Berlin 1969. S. 303–325 (^{2}1979, S. 362–384).

Harding, Laurence Victor: The dramatic art of Ferdinand Raimund and Johann Nestroy. A critical study. The Hague 1974. (Studies in German Literature. 3.)

Hein, Jürgen: Ferdinand Raimund. Stuttgart 1970. (Sammlung Metzler. 92.)

Hein, Jürgen: Das Wiener Volkstheater. Raimund und Nestroy. Darmstadt 1978. (Erträge der Forschung. 100.)

Kindermann, Heinz: Ferdinand Raimund. Lebenswerk und Wirkungsraum eines deutschen Volksdramatikers. Wien/Leipzig 1940. ^{2}1943.

Klotz, Volker: Raimunds Zaubertheater und seine Bedingungen. In: V. K.: Dramaturgie des Publikums [...]. München 1976. S. 50–88.

Mühlher, Robert: Ferdinand Raimund. In: R. M.: Österreichische Dichter seit Grillparzer. Wien 1973. S. 112–129.

Nash, Martin A.: *Die gefesselte Phantasie* and Ferdinand Raimund. In: German Quarterly 36 (1963) S. 14–23.

Olles, Helmut: Zerrissenheit bei Raimund und Nestroy. Diss. Frankfurt a. M. 1954.

Prohaska, Dorothy: Raimund and Vienna. A critical study of Raimund's plays in their Viennese setting. London 1970. (Anglica Germanica Series. 2.)

Rommel, Otto: Die Alt-Wiener Volkskomödie. Ihre Geschichte vom barocken Welttheater bis zum Tode Nestroys. Wien 1952.

Schaumann, Frank: Gestalt und Funktion des Mythos in Ferdinand Raimunds Bühnenwerken. Wien 1970.

Sengle, Friedrich: Ferdinand Raimund. In: F. S.: Biedermeierzeit.

Deutsche Literatur im Spannungsfeld zwischen Restauration und Revolution 1815–1848. Bd. 3. Stuttgart 1980. S. 1–56.
Thurnher, Eugen: Raimund und Wieland. In: Sprachkunst als Weltgestaltung. Festschr. f. Herbert Seidler. Wien 1966. S. 317–333.
Traitler, Reinhild-Ursula: Antike Mythologie und antiker Mimus im Wiener Volkstheater von Stranitzky bis Raimund. Diss. Wien 1966. (Gedr. 1973: Dissertationen der Universität Wien. 78.)
Wachsmann, Michael: Spielebenen als Stilebenen in Ferdinand Raimunds Zauberspielen. Untersuchungen zur Sprachgestaltung und ihrem historischen Kontext. Diss. München 1975.
Wagesreither-Castle, Edith: Schillersche Züge in Raimunds Dichterantlitz. In: Österreich in Geschichte und Literatur 19 (1975) S. 257–288.
Weigel, Hans: Ferdinand Raimund oder Die Flucht in den Zwiespalt. In: H. W.: Flucht vor der Größe. Beiträge zur Erkenntnis und Selbsterkenntnis Österreichs. Wien 1960. S. 43–72. (Nachdr. Salzburg 1970. ²1978.)
Wiltschko, Gunther: Raimunds Dramaturgie. München 1973.
Zeman, Herbert: Die Liedeinlagen in den Märchen- und Zauberspielen Ferdinand Raimunds. In: Die Andere Welt. Aspekte der österreichischen Literatur des 19. und 20. Jahrhunderts. Festschr. f. Hellmuth Himmel. Bern/München 1979. S. 107–131.

Schmidt, Siegfried J.: Komik im Beschreibungsmodell kommunikativer Handlungsspiele. In: Das Komische. Hrsg. von Wolfgang Preisendanz und Rainer Warning. München 1976. S. 165–189.
Stierle, Karlheinz: Komik der Handlung, Komik der Sprachhandlung, Komik der Komödie. In: Das Komische. [. . .] S. 237–268.
Warning, Rainer: Elemente einer Pragmasemiotik der Komödie. In: Das Komische. [. . .] S. 279–333.

Nachwort

Im Nachlaß Raimunds findet sich die Zeile »Ein tief Gemüt bestimmt sich selbst zum Leid«. Zeitgenossen berichten von seiner besonderen Veranlagung zu Depressionen; der Burgschauspieler Ludwig Costenoble notiert 1832 im Tagebuch: »Der wird noch toll oder bringt sich um.« Raimund fühlte sich, wie Costenoble und Eduard Bauernfeld überliefern, zum Tragiker geboren. In seiner *Selbstbiographie* schreibt er: »[...] doch war mein Sinn vorzugsweise dem Trauerspiele zugewandt, das Lustspiel begeisterte mich weniger, die Posse war mir gleichgiltig.« Costenoble notiert einen Ausspruch Raimunds aus dem Jahre 1836: »Ich will gar keine Lokalstücke schreiben und nichts wissen von Volkstheater.« Andere Zeugnisse, mag deren Echtheit z. T. auch zweifelhaft sein, künden von seinem Ehrgeiz, als ›ernster Dichter‹ anerkannt zu werden. Gelegentlich von *Die gefesselte Phantasie* schreibt er: »[...] so ist mir nicht in den Sinn gekommen, sie umzuarbeiten, und ihr durch eingelegte Narredeien und episodische Szenen die Einfachheit zu rauben, welche ich bei ihrer Verfassung im Auge hatte.«

Viele Zeitgenossen haben nicht zwischen dem Menschen Raimund und dem Schauspieler bzw. Theaterautor unterschieden oder Parallelen zwischen seinen persönlichen Anlagen, seinem schauspielerischen Stil und Strukturen seiner Dramatik gezogen. Costenoble, der sich in über 120 Tagebuchstellen über Raimund äußert, spricht von seinem »trokkenen, wehmütigen Humor«, von mit »erhabener Wehmut« verbundener Komik und vom »leidenden Humoristen«, Bauernfeld nennt ihn einen »tragischen Komiker«. Fast einhellig spricht die zeitgenössische Kritik von »Humor«, »wahrer Komik«, »ernstem Grundton« usw., bemängelt andererseits aber auch zuviel ›Ernst‹, die Stilmischung und tadelt den Hang des Volkskomikers zum Tragischen. Franz Grillparzer bemerkte dazu: »Das Ernste ist in Ihnen bloß bildlose Melancholie; wie Sie es auch nach außen darzustellen suchen, zerfließt es in unkörperliche Luft. Im Komischen haben Sie mehr Freiheit und gewinnen Gestalten. Dahin sollte Ihre Tätigkeit gehen.« Dieses Zitat verdeutlicht die Schwierigkeiten der Bestimmung des Spielraums der Komik bei Raimund, zumal wenn ›Tragisches‹ (Ernstes) und ›Komisches‹ nicht als ästhetische Phänomene, sondern als ›Lebensäußerungen‹ gesehen, wenn Leben und Werk mit der angeblichen Synthese aus Weinen und Lachen in eins gesetzt und die unterschiedlichen Transformationen des Biographischen in die Rollen des Schauspielers bzw. in das Werk des Theaterautors nicht beachtet werden.

Die von Grillparzer beschriebenen Wesenszüge der Dramatik Raimunds werden von der Raimund-Forschung bis in die jüngste Zeit mit anderen Formulierungen fortgeschrieben. Häufig ist zu lesen, Raimund sei ein Opfer seiner zu hoch gesteckten Ambitionen geworden, im Komischen hätte er mehr Spielraum gehabt. Andere entdecken den spezifischen Humor und seine tragischen Wurzeln oder beharren auf der durchgängigen Ernsthaftigkeit seiner Dramen, heben die märchenhafte Harmonie von Komik und Ernst hervor. Zumeist wird dabei mit unklaren Begriffen argumentiert oder die Funktion der Komik auf die Alternative ›affirmativ–versöhnlich‹ / ›sozialkritisch–aggressiv‹ reduziert. Raimund erscheint dann im Blick auf seinen ›Nachfolger‹ Nestroy als »erster großer humoristischer Dramatiker der Deutschen im 19. Jahrhundert« (Kindermann) oder – wie es in einer jüngst erschienenen Literaturgeschichte heißt – als »Humorist, dem es um eine Versöhnung mit der bestehenden gesellschaftlichen Ordnung geht«. Wiewohl sich der Spielraum der Komik Raimunds von dem seiner unmittelbaren Vorgänger Adolf Bäuerle, Karl Meisl und Josef Alois Gleich als auch im Blick auf Johann Nestroy oder Friedrich Kaiser abgrenzen ließe, sollte doch zunächst die Eigenständigkeit beachtet werden. Das heißt freilich nicht, daß Raimunds Herkunft aus der Tradition des Wiener Volkstheaters geleugnet würde.

Als ›Bestandsaufnahme‹ der bisherigen Erkenntnisse zum

Phänomen des Komischen bei Raimund können folgende Punkte genannt werden. Dabei sind die verwendeten Begriffe z. T. unterschiedlich definiert:

(1) Raimund veredelt Komik zu Humor, die Zauberposse zu ›echter‹ Dichtung. Er vertieft die Elemente des Niedrigkomischen und des Mimischen und befähigt sie – verinnerlichend – zur Aussage des Seelischen. Seine von den Zeitgenossen registrierte ›neue Komik‹ zeigte sich auch in seiner Spielweise. Nach Friedrich Sengle handelt es sich um den bewußten Versuch, das Rührende, Sentimentalische in die handfeste Tradition des komischen Zauberspiels einzubeziehen; hinzu komme die biedermeierliche Überformung traditioneller Elemente in Richtung auf eine »Spaßkultur«. – Die Vertiefung der Komik resultiert auch aus der Entwicklung des Schauspielstils Raimunds, doch geht Otto Rommels Auffassung zu weit, Spielstil und Werk als »Leistungen eines schizoiden Temperamentes« zu betrachten.

(2) Vom *Barometermacher auf der Zauberinsel* (1823) bis zu *Alpenkönig und Menschenfeind* (1828) und zum *Verschwender* (1834) sind Entwicklungen und Wandel der Komik zu beobachten, vor allem die Tendenz, zwischen Ernst und Komik zu vermitteln. Raimund experimentiert mit den überkommenen dramatisch-theatralischen Gattungen und versucht eine Erneuerung des Volkstheaters nicht über die Dimension des Komischen, sondern über die »moralisch-metaphysische Dimension« (Sengle). Dazu waren viele Mittel des komischen Theaters nicht brauchbar. Ob die wachsende Tendenz zur ernsthaften Darstellung als Reaktion auf die Entwicklungen im politisch-gesellschaftlichen Bereich zu verstehen ist und ob Raimund, wie Roger Bauer meint, nach den halbtragischen Stücken zur Komik zurückkehrt, ist noch nicht eindeutig geklärt.

(3) In Raimunds tragisch getönten Lustspielen überwiegt die Besserungs- und Versöhnungsfunktion der Komik, die durch die Mythisierung und die Märchenstruktur noch verstärkt werden. Bewußte Illusion, im Gedicht *An Gutenstein* (1833) thematisiert, steht gegen eine einseitige Betrach-

tung des Werks als resignativer Rückzug aus der Wirklichkeit:

»Mag man mich immer einen Träumer nennen,
Oh' dürft' ich nie von meinem Traum mich trennen!
Wohl dem, der seine Träume lange liebt!
Traum schenkt noch Glück, wenn Wirklichkeit zerstiebt.«

Märchen, Zauber, Imaginäres, Utopisches bedeuten Verzicht auf demaskierende Komik. Indem Raimund alle ›vertrauten Raster‹ umarbeitet, verändert er auch den Stellenwert der Komik, die nur ein konstituierendes Strukturelement neben anderen ist. Ob von »Weltanschauungskomödie« (Rommel) oder »szenischer Metapher« (Volker Klotz) für auf der Bühne ›verfremdete‹ Wirklichkeitserfahrungen gesprochen wird, in jedem Fall ist auch die andere Rolle des Publikums angesichts der ›neuen‹ Komik zu sehen.
(4) Aufgrund einer anderen Schulbildung (als z. B. Bäuerle, Nestroy oder Kaiser) hatte Raimund auch einen anderen wissensmäßigen, theoretischen Zugang zur Gattung Komödie. Er mußte sich die Darstellungsmuster erst erarbeiten, über die andere bereits sicher verfügten, die sie umarbeiten, parodieren, überwinden konnten. Der Anspruch einer ›Veredelung‹ des Volkstheaters, die Orientierung am Burgtheater, sind sicherlich teilweise auch Ausdruck des Strebens nach Aufholen dieser ›Bildung‹. Die Verbürgerlichung der komischen Figur, das Vermeiden des ›niederen Stils‹ und die Durchsetzung sittlich-moralischer Prinzipien entsprechen einem – z. B. von Nestroy überwundenen – ›aufklärerischen‹ Komödienkonzept, das auf Versittlichung und Belehrung mit den Mitteln versöhnlicher Unterhaltung abgestellt ist. Raimunds Stücke entsprechen, wie die Rezeption bis in unsere Tage zeigt, den Anforderungen an ein ›wahres‹, nicht ›revolutionäres‹ Volkstheater. Dazu paßt, daß Raimund kaum Konflikte mit der Zensur kannte; 1826 schreibt er: »[...] meine Stücke kommen beinahe so unverändert aus den Händen der Zensur, wie sie eingesendet werden.«

(5) Ernst und Komik, Dialekt und Hochsprache, Prosa und Vers, Lokales und Universales, Weltanschauliches und Alltägliches, Individuelles und Soziales sind in der ›Stilmischung‹ miteinander verspannt. Nach Sengles Meinung scheint Raimund diesen Stil für das Volkstheater erfunden zu haben; er hält Raimund in stilistischer Hinsicht für revolutionärer als Nestroy, der in den ›niederen Stil‹ zurückfalle. Im extremen Fall führt die Stilmischung zu ›Komödien ohne Komik‹ (z. B. *Die unheilbringende Zauberkrone*, 1829). In anderen Stücken heben sich Tragisches und Komisches in vielfältiger Weise auf und lassen die Frage nach einer möglichen Synthese – z. B. in Formen der »Tragikomödie« – aufkommen. Wenn bei Raimund der komische Anteil gegenüber dem ernsten das variable Element ist, dann muß nach dem gattungspoetischen ›System‹ gefragt werden, innerhalb dessen Komik wirksam werden kann.

Komische Phänomene, das zeigen ältere wie neuere Überlegungen, werden von den verschiedenen wissenschaftlichen Disziplinen mit je unterschiedlichen Erkenntnisinteressen betrachtet. Die Problematik verschärft sich noch, wenn nach den Beziehungen zwischen ›Lebenswelt‹ und literarischer Komik gefragt wird. Literarische Komik fungiert als Modell einer Wirklichkeitsdarstellung. Eine ›Ordnung‹ wird durch individuelle oder soziale (›öffentliche‹) Störungen (z. B. Torheiten, unsoziales Verhalten, Verkennung) aus dem Gleichgewicht gebracht und am Ende wiederhergestellt und bestätigt. Das ›Happy-End‹ macht dabei nicht selten das ›nur‹ Spielhafte deutlich, d. h., die Wiederherstellung geschieht nur im Spiel, während in der Wirklichkeit die aufbrechenden ›Störungen‹ und Gegensätze unversöhnbar bleiben. In diesem Modell funktioniert Lachen als Einverständnis (›Lachen mit‹) und als Kritik (›Lachen über‹) nach verschiedenen Regeln. Diese sind keine zeitlos gültigen Strukturen komischer Konstellationen, sondern an die historischen und soziokulturellen Gegebenheiten gebunden. Von Bedeutung ist das, wenn der Spielraum des Komischen bei Raimund ›ausgemessen‹ werden soll. Dabei dürfen die

Regeln, Techniken, Strukturen, durch die komische Wirkungen erzeugt werden, nicht isoliert gesehen oder als ›tradierter Bestand‹ des Wiener Volkstheaters aufgefaßt, sondern müssen im Zusammenhang des konkreten Mediums Volkstheater, seiner soziokulturellen Funktion und seinem Publikumsbezug betrachtet werden. Die Verstehensvoraussetzungen und Erwartungshaltungen des Publikums, des ›Volks‹ – von dem schon Grillparzer meinte, es habe an Raimunds Stücken »mitgedichtet« –, spielen eine nicht zu unterschätzende Rolle: »Das Unerwartete aber doch Bekannte und daher Erkennbare, das Vertraute aber Verdrängte, die Labilität unserer Gesten, Handlungen, Normen und Bedeutungen prägt die komische Konstellation. Zugleich liegt darin der Schrecken des Komischen, die vom Lachen übertönte Einsicht in die Zufälligkeit der eigenen Sicherheit in dieser Situation, die ihre Labilität am komischen Helden erfahren darf, ohne selbst betroffen zu sein« (S. J. Schmidt).

Von hier aus ergeben sich neue Einsichten in die Funktion des Verhältnisses zwischen Ernst und Komik für die Rolle des Zuschauers. Durch die Wandlung des komischen Helden und die Betonung der ›ernsten‹ Handlung hat der Zuschauer weniger Möglichkeiten, sich durch Lachen zu befreien, vielmehr wird sein ›Gefühl‹ angesprochen. Das bedeutet, daß er in seiner Erwartung des Komischen getäuscht und so auf andere Weise ›verunsichert‹ wird. Die neue Konstellation komischer und ernster Elemente läßt ihn zwischen ›Sicherheit‹ und ›Betroffenheit‹ schwanken.

Von den neueren Erkenntnissen zur Struktur des Komischen sind für diesen Zusammenhang die Überlegungen von Karlheinz Stierle und Rainer Warning wichtig. Stierle geht vom Mißlingen sprachlichen Handelns aus und entdeckt das Komische im fremdbestimmten Handeln. Das Komische entspringt der Interpretation fremdbestimmten Handelns, indem durch »Irrealisierung«, durch Verschiebung von der moralischen auf die ästhetische Ebene, die »Enthebbarkeit« des komischen Faktums erkannt wird. Warning kommt zu

ähnlicher Einsicht, wenn er die Komödie als »sich zeigendes Spiel« sieht, dem das »antwortende Lachen« des Publikums korrespondiert. Im Theater ereigne sich die Kollision zwischen der realen Welt des Publikums und der fiktionalen Welt der Komödie. Der Zuschauer werde zum mitspielenden Adressaten. Indem er die »positivierende Verstehensleistung des Lachens« vollbringt, erfüllt er die kommunikative Intention der Komödie als »Positivierung der Negativität«. – Was aber ist, wenn der Zuschauer die Komik-Signale nicht versteht oder akzeptiert, wenn er sich als »mitspielender Adressat« verweigert, weil er die ›Spielregeln‹ der ›neuen‹ Komödie Raimunds nicht versteht oder anerkennt? Die Raimund-Rezeption zeigt, daß zumindest ein großer Teil des Publikums und der Kritik anderes erwartete und enttäuscht war, weil von ihnen nicht verstehendes, befreiendes Lachen, sondern mitfühlende Einsicht verlangt wurde. Indem Raimund das ›Kommunikationssystem‹ zwischen Theater und Publikum durch seine ›Botschaft‹ änderte, mußte auch der Zuschauer seine Adressaten-Rolle neu bestimmen – oder sich verweigern.
Auf diesem Hintergrund zeigen sich Raimunds Stücke trotz veränderter Konstellationen der Komik als Komödien, deren Spielcharakter eben nicht nur – oder am wenigsten – durch das Komische konstituiert wird. Sie rechnen mit der Einstellung des Zuschauers auf das Komische, verändern aber diese Einstellung, indem sie den Akzent auf eine irreale Spielsphäre legen. Damit werden die ›Vorzeichen‹ der Komödie umgekehrt, und die »positivierende« Leistung – auch des Zuschauers – muß auf einer anderen Ebene erfolgen als nur auf der des Lachens.

Die gefesselte Phantasie, 1826 entstanden, am 8. Januar 1828 im Theater in der Leopoldstadt zum erstenmal aufgeführt, veranschaulicht als ›Programmschrift‹ mit der Darstellung des Versuchs einer Synthese von Leben und Kunst die neue Akzentsetzung des Theaters Raimunds. Das »Original-Zauberspiel« steht zwischen *Das Mädchen aus der Feenwelt oder Der Bauer als Millionär* (1826), dessen komische Wirkung unbestritten ist, und *Moisasurs Zauberfluch* (1827), dem die Kritik bescheinigte, Raimund sei es gelungen, »das Komische mit dem Ernsten in seinen heterogensten Teilen so zu verschmelzen, daß nie eine Störung entsteht, sondern der Übergang immer möglich, zuweilen fast natürlich scheint«. In der *Selbstbiographie* schreibt Raimund, sich gegen seine »Neider« wehrend, die ihn »nicht als den Verfasser [des *Mädchens aus der Feenwelt*] wollten gelten lassen«: »[...] so kränkte und ärgerte mich diese Ungerechtigkeit so sehr, daß sie mich auf die Idee der ›gefesselten Phantasie‹ brachte, durch welche ich beweisen wollte, daß man auch, ohne ein Gelehrter zu sein, ein unschuldiges Gedicht ersinnen könne. Dieses Stück wurde zwar belobt, konnte sich aber keines solchen Zulaufs erfreuen, wie die früheren. Was ich schon früher befürchtete, traf hier ein. Es war dem Publikum nicht komisch genug und die Idee nicht populär.« Das Stück zeichnet sich durch eine einfache Handlung aus, die sich an die ›Einheit der Zeit‹ hält und in der Allegorisches und Menschliches, Liebeshandlung und ›Sieg der Poesie‹ sich wechselseitig durchdringen.

Mehrere, z. T. einander ergänzende Perspektiven auf das Stück, unter denen Komisches – von heute aus gesehen z. T. unfreiwillig Komisches – erscheint, sind möglich. Blickt man auf die Stellung des Stücks in Raimunds Entwicklung, kann man es als Selbstdarstellung und »dichterische Selbstrechtfertigung« verstehen, Raimund erscheint unter der Doppelperspektive von Amphio *und* Nachtigall, von ehrgeizigem Dichtertum und gelungener Volkskomik. Er selbst spielte die Rolle des Harfenisten Nachtigall und läßt II,12 einen Dichter sagen: »Gelehrsamkeit allein verfasset kein Gedicht.« Fällt dieser Vorwurf nicht teilweise auf Raimund selbst zurück? Tritt nicht die allegorische dichterische Selbstdeutung in Widerspruch mit der ›handfesten‹ Komik Nachtigalls? Das Stück selbst zeigt die Schwierigkeiten und Abhängigkeiten des Schreibens, ist insofern ›Künstlerdrama‹. Sogar die Phantasie verneigt sich I,11 vor dem

Beifall des Publikums, was schon der zeitgenössische Kritiker Moritz Gottlieb Saphir als »Ohrfeige« empfand. Raimund weist mit der allegorischen Verkleidung auf die ›fesselnden‹ Einflüsse von außen (Theaterbetrieb, Publikumsgeschmack u. a.), die ihn als Dichter behindern, aber er hat sich in diesem Stück selbst auch Fesseln angelegt. Es stellt sich die Frage nach den Grenzen der biographischen Interpretation, und man ist geneigt, die vielzitierten Worte Nestroys anzuführen, die dieser dem Dichter Leicht in *Weder Lorbeerbaum noch Bettelstab* (1835) in den Mund legt, der eine ›Wandlung‹ vom Dichter zum Harfenisten durchmacht: »Bis zum Lorbeer versteig' ich mich nicht. G'fallen sollen meine Sachen, unterhalten, lachen sollen d' Leut', und mir soll die G'schicht' a Geld tragen, daß ich auch lach', das is der ganze Zweck. G'spaßige Sachen schreiben und damit nach dem Lorbeer trachten wollen, das is eine Mischung von Dummheit und Arroganz [...].« Die zeitgenössische Kritik hielt diese Rollenaussage für Nestroys schriftstellerisches Bekenntnis! Im Blick auf Raimund, dem man am wenigsten Dummheit und Arroganz vorwerfen kann, der aber allerdings nach dem ›Lorbeer‹ trachtete, wird der Zwiespalt des Volkstheaterautors offenkundig. Er hat eine ›Lösung‹ in der Doppelexistenz von Amphio und Nachtigall versucht; den ›Sieg‹ der Komik trägt Nachtigall davon, Amphio den Sieg der Poesie. Dem Publikum bleibt die Wahl der Gewichtung.

In *Die gefesselte Phantasie* ist Allegorisches mit burlesker Realistik verbunden. Der antikisierende Stil, die zahlreichen mythologischen Anspielungen, die das damalige Publikum offensichtlich verstanden haben muß, verfremden die lokale Grundlage Wiens, das ebenfalls in vielen Anspielungen sichtbar wird. Elemente des Komischen zeigen sich an dem Narren, an Distichon und an Nachtigall, aber auch an den Zauberschwestern. Ihnen stehen als Vertreter des ›Ernstes‹ Amphio, Hermione und die Phantasie gegenüber. Die Synthese aus ernsten und komischen Szenen, aus verschiedenen dramatisch-theatralischen Darstellungsmustern (u. a. Märchendrama, Zauberspiel, Lokalstück) führt auf den verschiedenen Sprach- und Spielebenen zu einer Neubestimmung der Funktion des Komischen, das episodisch, die Szenen gegeneinander ›sperrend‹, aber auch verbindend, überleitend, ferner versöhnlich, aber auch kritisch wirken kann. Dies zeigt sich in der Verbindung von Realem und Imaginärem in der Ausgestaltung des Insel-Topos »Flora«. Er stellt Möglichkeiten des glücklichen Lebens im Reich der Poesie und Phantasie dar, deutet die Liebe als Konflikte überwindende Kraft, trägt utopische Akzente, aber zugleich werden auch negative und kritische Züge sichtbar.

Nach Schaumann ist die Blumeninsel Kontrafaktur zu der Theaterinsel (»Insel am Donaustrom«), die allegorisch-mythische Entsprechung zu dem lokal begrenzten realistischen Spielort. Vielleicht hat Raimund aus Zensurgründen eine direkte Anspielung auf die geistige Stagnation im Theater in der Leopoldstadt vermieden und den mythologischen Hintergrund gewählt. Zwar wird der Insel ein mythologischer Hintergrund gegeben, sie steht unter dem Schutze Apollos und wird mit Arkadien verglichen, doch ist mit Schaumann die »Apotheose der Kunst und des Gesangs« ironisch zu verstehen, weil die Dichter Floras lächerlich gemacht werden; dies gilt insbesondere für Distichon und seine Beschreibung der Insel und ihrer ›Talente‹. Raimund wollte damit vielleicht die Arroganz seiner Dichterkollegen bzw. der ›literarischen Zirkel‹ treffen. Insofern ist der Auftritt von Vipria und Arrogantia ›wörtlich‹ zu nehmen. Der allegorische Vorgang macht den geistigen und gesellschaftlichen Zustand der Insel schaubar.

Mit dem allegorischen Vorgang ist die Liebeshandlung verbunden. Der allegorische Apparat macht nach Schaumann komplizierte Seelenvorgänge sichtbar und setzt sie in Handlung um. Die Fesselung der Phantasie ist auch eine Strafe für Amphios bzw. Hermiones anmaßendes Verhalten. Erst in der Ausweglosigkeit erkennen beide ihren Irrweg, und Apollo kann helfend und die Konflikte lösend eingreifen.

Die komischen Szenen verteilen sich gleichmäßig auf die

beiden Akte und alternieren in etwa mit den ernsten Partien. Übergänge werden durch den Auftritt der Zauberschwestern leichter, zumindest durch Vipria, deren »Verwienerung« unverkennbar ist. Auch die Lieder und Verseinlagen haben eine wichtige Funktion in der Abgrenzung oder Verknüpfung der komischen und der ernsten Partien, indem sie Thematik und Geschehen auf eine andere ästhetische Ebene verlagern. Neben mehr handlungsbezogenen Liedern und Versen sind vor allem die handlungsunterbrechenden ›Einlagen‹ zu betrachten. Zu diesen gehört auch das komische Kalendergedicht des Narren und die programmatische Auftritts-Arie der Phantasie in I,11, der in II,11 die Klagen der gefesselten Phantasie kontrastierend korrespondieren. »Leichte Art«, »tausend Launen«, »Übermut« stehen dem Wirklichkeitsschmerz gegenüber. Dichterische Ambition (»Kraftgenie«) wird fast in einem Atemzug mit der Verbeugung vor dem Publikum genannt. Das Niedere soll mit dem Höchsten gepaart werden, aber die Vermittlung oder Versöhnung von Wirklichkeit und Kunst wird dadurch in Frage gestellt, daß die Phantasie nur eine Flucht aus der »rauhen Wirklichkeit« anbietet, überdies sich dem Publikum fast ›anbiedert‹. Zwischen der metaphysischen Komik der letzten Zeilen der Arie und der realistischen Komik Nachtigalls scheint keine Verbindung möglich.

Der Harfenist stellt nur wenige Ansprüche an seine ›Kunst‹ (»lustig sein«, den Gästen gefallen). Vor eine neue Situation gestellt, bleibt er sich treu. Das Heurigenlied, das Lied von Zufall und Treue sowie das Lied auf Hermione beweisen, daß er sein Metier beherrscht. Er ist, so scheint es, auf die Phantasie nicht angewiesen. Dennoch zeigt die Szene, in der sowohl Nachtigall wie die Phantasie verzweifelt sind, auch etwas von der Not des Volksdichters, in der er sich der Phantasie als »personifizierter Gedankenfabrik« bemächtigen will. Doch diese läßt sich nicht zu ihm herab, findet es gar entsetzlich, daß sie ein »Quodlibet« singen muß (vgl. II,11). Der Zwiespalt zwischen ›hoher‹ und ›niederer‹ Kunst wird noch deutlicher, wenn man Amphios Preisgedicht, das zur Thematik des Stückes zurücklenkt, mit den ›Produktionen‹ Nachtigalls vergleicht. Amphio gewinnt das Reich der Liebe, Nachtigall erhält als »singender Narr« einen Platz auf der Insel, d. h. in der Welt des schönen Scheins. Das Schlußwort der Phantasie, ans Publikum gerichtet, verdeutlicht die ›Fesseln des Volkstheaters‹, die Raimund spürte: »Wenn sie [die Phantasie] auch Kleines nur gebar, / So denkt, daß sie gefesselt war.«

Ernst und Komik stehen z. T. isoliert nebeneinander, man gewinnt den Eindruck, das Komische werde nur als Folie des Ernstes geduldet, während es in der Komödie meistens umgekehrt ist. Auch die Sprache zeigt gegenüber anderen Stücken Raimunds eine klare Zweiteilung zwischen (literarischer) Hochsprache und ›Volkston‹ (Dialekt). Raimund wollte sich vom bloß Lokalen lösen und den Weg zum volkstümlich-hochsprachlichen ernsten Drama einschlagen. Sein Anspruch (»Die Phantasie muß frei in blauer Luft sich schwingen, nie wird sie dir in Fesseln dienen.«) wird von der Kritik nicht anerkannt: »Hr. Raimund ist nun einmal an der Leopoldstädter Bühne angestellt [...], das Publikum [...] hat auch gewissermaßen ein *Recht*, sein poetisches Talent für ihren Genuß in Anspruch zu nehmen. [...] Fühlt Hr. Raimund die Glut und das Vermögen in sich, seinem Genius die Schwingen des Edelsten und Höchsten zu verleihen, so schüttle er die Fessel jeder Berücksichtigung örtlicher Bestimmung vollends ab [...], so lange aber seine Schöpfungen durch das Medium *dieser* Bühne anschaulich gemacht werden sollen, so lange wolle er ihre Natur berücksichtigen und achten.« Zuvor schrieb derselbe Kritiker: »Über der Zierlichkeit der Ausarbeitung und dem Streben nach höherer poetischer Tendenz, ist die Kraft des Humors verdunstet.«

In diesem Zusammenhang stellt sich auch die Frage nach der Funktion der antikisierenden und mythologischen Elemente. Wollte Raimund damit seine ›Bildung‹ beweisen, benutzte er die Mythologie nur als ›Steinbruch‹ für besonders ›schaubare‹ Motive, oder war dies Teil seiner volkstümlichen Bildungsabsicht mit den Mitteln des Theaters? Seine gespaltene Auffassung von den Aufgaben der Kunst im Volkstheater spiegelt sich auch in der ›Lösung‹ am Schluß wider. Der Karikatur des Volkskomikers Nachtigall, der Züge des Hanswurst trägt, durch die Raimund den Weg aus dem bloßen Lachtheater zum volkstümlichen Bildungstheater demonstriert, kann er keine ebenbürtige Figur entgegensetzen. Nachtigall wirkt echter und lebendiger als Amphio. Seine Komik setzt sich durch und hat dem Stück seine Wirkkraft bis in unsere Zeit erhalten.

Zusammenfassend läßt sich über das ›Neue‹ der Komödienkonzeption Raimunds sagen: Die Ernsthaftigkeit und Problemhaltigkeit seiner Stückfabeln, ihre mythisierend-allegorische Ausformung und entsprechende dramaturgische Umsetzung, in der ›bedeutende Bilder‹ statt lockerer Handlungselemente dominieren, verhindern bestimmte komisch-dramatische Darstellungselemente, die aus Situationskomik oder einer stärkeren Wirklichkeitsbeziehung kommen könnten. Mit der rhythmischen Prosa und einer allgemeinen Höherstufung des Sprachstils ist auch eine Höherstufung der Komik verbunden, die für Elemente des »Niedrigkomischen« kaum Raum läßt. Mit der Reduktion bzw. Isolation des Dialekts werden auch die Kontrast- und Konfliktmöglichkeiten zwischen Dialekt und Hochsprache nicht zur komischen Wirkung genutzt.
Auch bei den eingelegten Liedern und Gedichten läßt sich der Rückzug aus dem Bereich der unmittelbaren Komik beobachten. Mit dem weitgehenden Verzicht auf Unterbrechung der Handlungsfiktion begibt sich Raimund weiterer Möglichkeiten, das Publikum zum Lachen zu bringen, durch Lachen zur Erkenntnis zu führen. Dafür verstärkt er den Zug zur ›Verinnerlichung‹ und lenkt den Blick der Zuschauer von der in komischer Brechung erscheinenden Wirklichkeit auf die bedeutungsvolle Scheinwelt des Spiels. – Die zeitgenössische Kritik äußerte – vielleicht stellvertretend für das Publikum – z. T. enttäuschte Erwartungen, war

durch die Verlagerung der Volkstheaterintention irritiert. Die Sprache dieser Kritiken verdeutlicht den konkreten geschichtlichen und soziokulturellen Ort des Komischen, wie er sich in Forderungen an ein zugleich belehrendes und unterhaltendes Volkstheater artikuliert.

Die Verlagerung von komischen Konstellationen auf ernste und die ›Umfunktionierung‹ des komischen Helden verweigern dem Zuschauer das erwartete befreiende Lachen. Nicht mehr die komische Volksgestalt leidet und siegt auf der Bühne stellvertretend für den Zuschauer, nicht der unberechenbare, anonyme Komödien-Zufall bestimmt das Geschehen, sondern der Zuschauer wird mit in das Spiel der durch die allegorische Darstellung greifbaren Mächte hineingezogen. Die Leistung des Komischen, Entfremdung und Unsicherheit des Menschen zu zeigen, wird von der ernsten Handlung übernommen, die den ›Spielcharakter‹ der Komödie auf andere Weise hervorhebt. Statt eines befreienden Lachens, das dem Zuschauer Sicherheit verleiht, bieten Raimunds Stücke Identifikation mit der – trotz aller Widerwärtigkeiten – harmonischen ›Ordnung‹ des ganzen Weltgefüges an.

Raimund verlagert die Betrachtungsperspektive des Publikums vom Intellekt (›erkennendes Lachen‹) auf Gemüt und Gefühl (›mitfühlend-einsehendes Lachen‹). Die durch Ausbleiben satirischer Komik entstehenden ›Leerstellen‹ füllt eine Ausgleichsstrategie komischer und ernster Elemente, die auf dem Wiener Volkstheater etwas Neues darstellte. Zugleich zeigt sich an den Stücken aber auch die Macht des Theaterapparates und des Publikumsgeschmacks, anders gesagt: das Beharrungsvermögen eines Unterhaltungsmediums, das Raimund zur ›Menschenbildung‹ befähigen wollte.

Raimunds biedermeierliche Restauration einer harmonischen ›Ordnung‹ zwischen irdischer und überirdischer Welt, zwischen Individuum und Gesellschaft, zwischen Phantasie und Wirklichkeit weist auch den Elementen von ›Ernst‹ und ›Komik‹ den ihnen gemäßen Platz an. Beide sind im Dienst an der Stückaussage, Gelingen und Mißlingen menschlichen Glücks zu demonstrieren, gleichberechtigt und komplementär. Das Komische fungiert nicht selten als ›Mittler‹, um die Spannung zwischen der Alltagswelt und dem überirdischen Ordnungssystem in der Spielwelt aufzuheben. Raimund legt der zur Verselbständigung neigenden Komik Fesseln an, indem er sie der thematischen Geschlossenheit des theatralischen ›Gebildes‹ unterordnet; sie erhält dadurch neue und andere Qualitäten. In seinem Komödienkonzept ist eine radikale Umorientierung festzustellen. Die Gattungsbezeichnungen, die Raimund seinen Stücken gab, deuten die bewußte Neukonzeption an. Märchenstruktur, Elemente des »Sentimentalischen«, Demonstration ›positiver‹ Lösungen und bürgerlicher Tugenden lassen für die Volkstheaterkomik – sei sie mimisch oder sprachlich aggressiv – wenig Raum. Raimund entwickelt mit seinem ›Vorzeige-Theater‹ eine andere Vorstellung von Volkstheater, sucht den Einklang mit dem Publikum, ergreift nicht ›Partei‹ für oder gegen irgendjemanden. Dies mag ihn im »Vormärz« als ›reaktionär‹ oder ›affirmativ‹ erscheinen lassen, doch in seinem Weg zum ›Volk‹ und der Suche nach einem Theater, »wo man den Ernst gelten ließ« (so Raimund in einem Brief), hält er das Volkstheater offen für neue und ›leisere‹ Formen, die nicht kritische Zeitbilder, sondern Gegenbilder der Wirklichkeit sein wollen.

Inhalt